CW01664074

# L'ÉVAPORÉE

# L'ÉVAPORÉE

Fanny Chiarello Wendy Delorme

C am bou rakis

**DE FANNY CHIARELLO**
(bibliographie sélective)

*Si encore l'amour durait*, Page à Page, 2000 /
Pocket (version revue et corrigée, 2015)
*Push the push button*, Page à Page, 2003 /
Pocket (version revue et corrigée, 2015)
*L'éternité n'est pas si longue*, L'Olivier, 2010 / Points
*Une faiblesse de Carlotta Delmont*, L'Olivier, 2013 / Points
*Dans son propre rôle*, L'Olivier, 2015 / Points
*Tombeau de Pamela Sauvage*, La Contre Allée, 2016
*Le Zeppelin*, L'Olivier, 2016
*La vie effaçant toutes choses*, L'Olivier, 2018
*A Happy Woman*, L'Olivier, 2019
*Le Sel de tes yeux*, L'Olivier, 2020
*Terrils tout partout*, Cours Toujours, 2021
*La Geste permanente de Gentil-Cœur*, L'Attente, 2021

**DE WENDY DELORME**

*Quatrième Génération* (roman), Grasset, 2007
*Insurrection ! En territoires sexuels* (recueil d'autofictions),
Au diable vauvert, 2009
*La Mère, la Sainte et la Putain* (roman),
Au diable vauvert, 2012
*Le corps est une chimère* (roman),
Au diable vauvert, Prix Joseph 2018
*Viendra le temps du feu*, Cambourakis, 2021
*Devenir lionne*, JC Lattès, 2023

Photographie de couverture : Bérangère Fromont.

© Éditions Cambourakis, 2022.

# ÉCRIRE À DEUX

Le roman que vous allez lire est une expérience, à deux, qui a duré six mois. Expérience au sens où nous avons vécu quelque chose ensemble, de fort, qui nous a tenues, qui nous a habitées – pas seulement au sens de labo littéraire expérimental. Et elle nous a changées. Moi en tout cas, je peux dire qu'elle m'a changée. Dans mon rapport au texte, à l'écriture et à l'intimité entre deux êtres.

J'ai rencontré Fanny à l'automne 2018, au salon du livre du Mans. Nous étions programmées à la même table ronde, sur la thématique des « littératures queer ». La vivacité de Fanny m'a frappée tout de suite, sa sincérité, son intelligence. À fleur de peau, vibrante. Après la table ronde, nous nous sommes assises côte à côte sur la pelouse pelée derrière le grand bâtiment éclairé aux néons. Il faisait un peu frais, mais nous sommes restées longtemps. Nous avons communié sur nos expériences respectives d'autrices. Elle s'est dite agacée qu'on désigne ses romans comme de « beaux portraits de femmes », et défendait l'idée que la littérature *queer* se manifeste aussi dans la forme du texte (*queer* en anglais signifie l'inverse de « rectiligne » – donc tordre la forme, sortir de la rectitude, écrire en brèche, se griffer parfois aux ronces à travers champs et oser emprunter des chemins de traverse, dont on ne sait pas toujours où ils nous emmèneront).

Je n'avais alors jamais lu de roman de Fanny. Plus tard, en découvrant son œuvre, je me suis demandé pourquoi.

Les livres sont des rencontres, et comme dans toute rencontre il y a « le bon moment ». Certains nous sont offerts, d'autres nous interpellent à l'étal d'une librairie. Parfois ils viennent à nous car on entend l'auteur.e parler à la radio, et ses paroles résonnent. Un livre peut rester des mois, voire des années, posé sur l'étagère ou sur une pile d'ouvrages dans la chambre, le salon. On ne l'ouvre pas, jusqu'au jour où nos yeux se posent à nouveau dessus et qu'on sent qu'est venu l'instant de rencontrer le texte.

Ce texte-là, maintenant.

On ne peut pas, il ne faut pas forcer une rencontre. Un jour, c'est le bon moment.

[Il y a dix-huit ans j'ai rencontré quelqu'un. Nos chemins se sont croisés à un carrefour de sa vie. Je n'avais que vingt-cinq ans, A. en avait dix de plus et une route à prendre. J'ai gardé le souvenir d'un état liminal : je savais que j'aurais pu tomber très amoureuse. Dix-huit ans plus tard, nos chemins se recroisent complètement ailleurs et comme une évidence, à un autre carrefour : maintenant est le bon moment.]

Un livre contient des morceaux de cellui qui a tissé les phrases, la structure narrative, conçu les personnages. C'est une rencontre intime, lorsqu'elle se fait vraiment.

Fanny et moi avons, après la table ronde de l'automne 2018 au salon du livre du Mans, parlé littérature, écriture, édition. Nous ne nous sommes pas revues ensuite, durant trois ans. Quelques échanges de mails, l'envie de dialoguer mais la distance géographique entre Lyon et Lille, nos projets d'écriture, la vie, nos relations n'ont pas laissé de place à ce qui devait un jour se déployer vraiment.

Printemps 2021 : je reçois un mail de Fanny, après presque une année sans avoir échangé. Ses mots ont résonné. Elle me disait ceci : « La femme avec qui j'étais heureuse et pensais finir ma vie m'a abandonnée sans explication, il y a deux mois. J'invente chaque jour de nouveaux subterfuges pour tenir – c'est bien, ça stimule ma créativité. Je sens que j'ai besoin d'émulation, de partage, de ne pas avancer seule. Je m'en suis rendu compte hier soir et j'ai spontanément pensé à toi. [...] J'aime ton écriture et notre rencontre m'a marquée – toi, ta singularité, l'impression aussi d'une complicité naissante qui ne s'est pas développée, faute d'occasion. J'ai senti, en te rencontrant comme en te lisant, que nos personnalités et nos univers étaient radicalement différents mais pas incompatibles, plutôt complémentaires. Je sais que, pour ta part, tu ne manques pas d'interactions, mais je tente tout de même de suivre ce que m'a dicté mon intuition. Accepterais-tu d'en discuter avec moi ? Disons que mes réflexions sur Qu'est-ce que je vais faire maintenant pour donner du sens à ce foutu merdier ? pourraient être l'occasion de belles choses, et pourquoi pas avec toi… »

J'ai appelé Fanny quelques jours plus tard, nous avons parlé durant plusieurs heures. Son idée était simple : après une rupture amoureuse, s'ensuivent deux narrations. Deux façons de vivre une même histoire, et de vivre sa fin.

Je n'ai rien su de la femme qu'elle aimait et qui était partie, même pas son prénom. Je ne voulais pas écrire à partir de son réel à elle, car il lui appartient. Mais j'ai proposé à Fanny qu'elle écrive et m'envoie par mail un premier chapitre auquel je répondrais par une suite, écrite par un personnage que j'inventerais : celle qui est partie – l'Évaporée.

Le chapitre que Fanny m'a envoyé cette semaine-là est celui qui ouvre ce roman. Celui que je lui ai envoyé en réponse est le deuxième chapitre, et ainsi de suite. J'inventais un personnage et son histoire en allant puiser un peu dans celle que j'ai été à vingt ans, puis quarante. Fanny et moi avons échangé presque autant de matière par mail que dans le document qui est devenu ce roman. Nous ne nous sommes jamais téléphoné avant d'avoir fini. Tout s'est fait par écrit, à distance. Lorsque nous nous sommes revues pour la deuxième fois, l'été 2021 à Paris, le roman était déjà quasiment terminé.

Ce processus intime, entrer dans l'écriture de l'autre, y chercher des motifs, symboles, jalons avec lesquels construire une narration, le faire à deux sur ce format long qu'est le roman, était une expérience inédite pour moi. Et j'ai beaucoup appris. Fanny est une autrice qui a plus de métier que moi. J'ai mesuré ce qu'elle s'autorise à l'écrit et que je ne m'autorisais pas, pas encore. Trop inquiète que je suis d'être vraiment comprise par qui me lit, trop occupée à lui tenir la main, trop didactique sans doute. J'ai compris que vraiment tout est possible en littérature, tant que ce n'est pas gratuit, tant qu'il y a un sens. Par exemple, nous avons débattu longuement de la forme du discours rapporté dans le texte. Fanny détestait l'idée d'ajouter des guillemets signalant un dialogue, ou une pensée intérieure de son personnage. J'insistais pour guider la lecture du texte avec des éléments de ponctuation. J'ai imploré qu'au moins, elle mette des italiques. Puis j'ai compris que pour son personnage, Jenny, il était nécessaire de ne pas marquer de différence visuelle dans le texte entre ses pensées intérieures, les paroles prononcées ou entendues, et sa narration : cela forme un tout. Car Jenny est un flux, elle est traversée par la densité de l'instant tout autant que par la mémoire de celle qu'elle a aimée et par ce questionnement : le pourquoi de l'absence, de l'évaporation. Un flux n'a pas de guillemets ni d'italiques, on entre dedans comme dans le courant d'une rivière, il faut se laisser porter en restant attentif, attentive aux remous, tourbillons, aux rochers affleurants, qui de fait n'ont aucun panneau de signalisation.

(Fanny a quand même accepté les italiques que notre éditrice et moi lui suggérions, en guise de signalétique

– mais je ne sais toujours pas qui de nous a raison. C'est aussi cela écrire à deux : faire confiance à l'autre, qui ne sait pas elle-même si elle sait mieux que vous.)

L'écriture à quatre mains m'a fait grandir, et a changé tout mon rapport au texte. Surtout, ce fut un privilège, immense, de voir se faire le récit de Fanny au fur et à mesure, et d'être lue par elle immédiatement après chaque envoi d'un de mes chapitres. Rien de plus exaltant, quand on est encore tout habitée par le texte qui vient de prendre forme.

Nous avons écrit ce roman en tissant et croisant deux récits qui prennent place dans deux espaces et à partir de deux réalités distinctes. Car le projet tient dans une idée de Fanny, prononcée au téléphone lors de notre premier échange sur ce qu'allait être ce roman – idée que j'ai formulée dans une phrase du personnage d'Ève :

« [...] je sais qu'on peut vivre une même histoire de deux façons totalement différentes. Et que l'expérience de chaque être en ce monde est une solitude vraiment irrémédiable. »

L'écriture à quatre mains a, je crois, aidé Fanny dans une forme de solitude vécue après une perte, déchirante. L'écriture à quatre mains m'a tenue quand, quelques mois plus tard j'ai moi aussi traversé une rupture soudaine, au milieu de l'été. L'écriture est ce qui nous tient. Une colonne vertébrale, une méditation en mouvement. Je sais que, tant que j'écrirai, je pourrai rester droite. Je le sais intimement, et depuis longtemps. Mais écrire à deux m'a donné quelque chose que je ne connaissais pas encore : une forme d'intimité, inédite jusqu'ici. L'écriture est peut-être la forme la plus intime de rencontre, après le dialogue des corps.

Vous allez donc lire un roman écrit par deux personnes qui, avant de l'écrire, ne s'étaient rencontrées qu'une seule fois dans leur vie.

Wendy Delorme, mars 2022

## Jenny

C'est aujourd'hui, je le sens. Aujourd'hui que je prends la sortie. Il y a deux ou trois semaines, je me suis rendu compte que je roulais à vélo sur le bas-côté d'une voie rapide. J'étais perdue dans mes ressassements et, quand le passage éclair d'une voiture m'a ramenée au réel, j'étais déjà bien engagée sur l'axe ; j'ai pédalé moins vite, les jambes en coton, sans cesser de lancer des regards derrière moi. Voir les voitures jaillir d'un virage n'allait pas m'en protéger, bien sûr. Il faut croire que je préférais voir la fin en face si elle devait venir. Par chance, c'était une heure creuse. Les rares automobilistes écarquillaient les yeux quand ils surgissaient de la courbe et me découvraient qui les toisais depuis l'étroit accotement scintillant de verre pilé – bris de bouteilles et de pare-brise mêlés au grain du bitume et aux herbes folles. J'ai poursuivi jusqu'à la sortie suivante, les mâchoires serrées à se fissurer, parce que rebrousser chemin me paraissait encore plus périlleux, et aussi un peu risible. Curieusement, davantage que de la peur, j'éprouvais de la honte. Certains témoins me reconnaîtraient peut-être un jour, ils seraient arrêtés à un stop et me verraient passer. Alors ils diraient, *Regarde, c'est cette inadaptée – ou cette déséquilibrée, cette désespérée.* Peu de femmes ont le crâne rasé, des tatouages et un vélo d'un rouge éclatant, par ici, je suis plutôt facile à repérer. Je sentirais leur regard peser sur moi sans me douter qu'ils étaient là et qu'ils m'ont vue si ridiculement vulnérable (presque morte, en fait) quand, aveuglée par un stérile afflux lacrymal, j'ai emprunté à vélo un segment de voie rapide. Jamais je n'ai raconté cette anecdote à quiconque. J'ai survécu, alors à quoi bon. Et quand j'ai pris la sortie, j'ai ri de soulagement.

Aujourd'hui, je vais mieux. Quelque chose a cédé en moi. J'étais en apnée depuis des semaines et voici que de nouveau je respire amplement, sans spasmes, sans que l'air fissure ma cage thoracique. Pour preuve, mon territoire – ce territoire qui lui manquait, disait-elle, quand elle était loin de moi dans sa grande ville où la nature est compactée en parcs bondés et bruyants, où elle se frayait une vie dans la foule dense et vivait au rythme comique de la grande affaire –, aujourd'hui mon territoire est désacralisé, de nouveau je peux accéder à tous les lieux dans lesquels nous avons été heureuses sans que son spectre vienne me tourmenter, m'imposant des images d'elle, ses paupières battant dans une tempête de neige aux petits flocons pointus, ses iris gorgés de la lumière dorée que découpaient les feuillages tendres du printemps, ses sourcils moites dans la canicule et dont je léchais le sel. Je peux de nouveau emprunter les chemins de halage, les sentiers champêtres, les anciens cavaliers miniers, me perdre au milieu des bois, des forêts, des marais, sans me retourner pour vérifier si elle n'a pas la cheville entortillée de ronces, aspirer autant de sa beauté que mes yeux peuvent en saisir et vérifier que l'amour irradie toujours son visage, avant de me rappeler qu'elle n'est plus là, derrière moi, qu'elle n'y sera plus jamais.

Ce matin, je reconquiers les rives du canal, je l'ai décidé quand j'ai ouvert les yeux et vu le brouillard saturer la fenêtre, gorgé de lumière. Du brouillard, très bien, me suis-je dit, filons vers l'eau. J'étais plus joyeuse que je ne l'avais été depuis des semaines, huit exactement, et j'ai su que ce n'était pas une de ces fausses alertes qui ont tant compliqué ma cicatrisation quand je voulais aller trop vite ; aujourd'hui, c'est différent. Je pédale sans effort, j'ai renoncé à la musique pour écouter les oiseaux d'eau et m'amuse de les reconnaître à leurs cris avant de les distinguer dans les nuées blanches de condensation, je souris quand j'aperçois le bec qui a caqueté, gloussé, hué, que les têtes me tendent leur profil, leur œil rond fixé sur moi, mon ventre est détendu.

Manquerait plus que ce soit précisément le jour où elle se pointe enfin : souvent, les choses arrivent quand on a cessé de les souhaiter. Pendant deux mois, plusieurs fois par jour, quand je rentrais d'avoir couru, marché, pédalé pour épuiser mon corps et oxygéner mon cerveau, j'ai psalmodié des incantations, usé des subterfuges que suggère la superstition, argumenté avec le sort pour qu'elle m'attende, assise sur la marche de seuil ou dans sa voiture garée juste devant la maison, chaque fois le même espoir précipitait mon pouls au point que je manquais m'évanouir. Mais aujourd'hui que je suis affranchie de son emprise, tu vas voir qu'elle y sera, dos à la porte dans un flou de cheveux arrogant.

Je n'aurais pas dû descendre ses vêtements à la cave. Je vais les remonter, je les laisserai dans la chambre, derrière le paravent. Si un jour, ouvrant la fenêtre là-haut pour voir qui sonne à la porte, je la découvre sur le trottoir en contrebas, je ne lui demanderai même pas ce qu'elle veut, je viderai les sacs à bout de bras, les pulls, les jeans et les culottes tournoieront comme des hélices décrochées d'un frêne par un coup de vent et, quand l'averse de tissu sera passée, elle baissera le bras qu'elle avait plié devant son visage et trouvera ma fenêtre de nouveau fermée. Muette. Elle n'aura plus qu'à reprendre la route dans l'autre sens, trois heures en comptant les embouteillages. Il faudra faire attention aux cosmétiques, imagine qu'un tube de pommade lui tombe sur la figure et que la suture en aluminium sur laquelle est imprimée la date de péremption lui crève un œil. Et son parfum, le flacon de 50 cl, Eternity par terre, en mille fragments tranchants – un shrapnel.

*Nous venons de l'apprendre : ce matin, dans une petite ville habituellement paisible, l'éternité s'est fracassée sur un trottoir, faisant une blessée grave.* Mon psy dit que l'humour me sauvera toujours. Je suis pleine de ressources, elle ne sait pas ce qu'elle rate.

En vérité, si elle réapparaît, je la laisserai entrer pour qu'au moins elle m'explique ce qui lui a pris. On me dit que mon cerveau déraille mais si je comprenais pourquoi elle a choisi de disparaître, je saurais de quoi je suis censée me relever. Au fond, ce qui me fait tourner en boucle, c'est d'être livrée à ma seule imagination, de parcourir chaque jour les mêmes improbables scénarios. Bien sûr, elle me dira ce qui l'arrange – de ça, le psy m'a bien prévenue : *Vous ne saurez jamais ce qui s'est réellement passé. Vous ne pouvez pas accéder à des zones de son esprit qu'elle-même, peut-être, ne maîtrise pas totalement.*

Elle était pourtant d'accord pour dire qu'ensemble, nous formions une entité. Je lui disais, *Avec toi je me sens complète pour la première fois de ma vie* et elle répondait qu'elle ressentait exactement la même chose. J'ajoutais, *Parfois, je me rappelle brusquement que nous ne sommes pas la même personne et je tremble tant je suis intimidée de me tenir face à toi, un être indivis, extérieur à moi et que je peux toucher*. Et elle, *Moi aussi, moi aussi : je ressens exactement la même chose*. Je posais les doigts de mes deux mains sur la peau dorée de son visage, délicatement, comme si je découvrais la préhension, les glissais dans ses cheveux pour attirer sa tête vers moi et sa bouche se mélangeait à la mienne. Vermine.

Ce n'est pas grave d'avoir froid aux mains. C'est l'occasion de s'occuper un peu de soi, de souffler sur les doigts repliés, une main à la fois, l'autre serrée sur le guidon. Une seule fois, j'ai obtenu qu'elle roule devant moi sur le chemin de halage où il se trouve que je roule aussi ce matin. *Tu as peur que je tombe à l'eau ?* C'était surtout l'occasion de la contempler longuement au cas où – à l'époque, ça semblait impossible et je pouvais me permettre de dire ce genre de choses avec l'assurance que ça ne se produirait jamais : *Si un jour tu ne veux plus de moi, j'aimerais pouvoir convoquer l'image de ton visage tel que je le vois à cet instant où, tournant la tête sur le côté, tu ne me vois pas te regarder – juste cette image et je serai comblée.* Il s'avère que cette image, dès lors que je ne peux plus l'avoir sous les yeux, incarnée, vivante et tendue vers moi, est une torture. C'est le poison qui me ronge depuis des semaines, je veux te gommer, saleté.

J'ai toujours aimé la brume. Chaque fois qu'à mon réveil, je trouve le jardin noyé de nébulosité, je me hâte de gagner le canal ou le sommet d'une colline pour contempler le paysage fantomatique. Désormais, je l'apprécie d'autant plus qu'en baignant d'un flou opaque les décors de mon bonheur perdu, elle empêche que s'y ébauchent en surimpression des images de cette femme – le jean ajusté sur ses fesses parfaites, son débardeur vert, ses épaules délicates, ses cheveux massés en un chignon désinvolte, une mèche sur la nuque comme un appel adressé à mes dents, Eternity, sa peau hérissée par la morsure légère et cette voyelle échappée à sa gorge. Puis sa joue effleure la mienne et l'instant d'après ce sont ses lèvres que je mordille, son corps enveloppé dans mon bras comme dans un drapé, ordure.

Je descends de vélo pour prendre des photos du brouillard. Aujourd'hui, c'est bien ce dont il s'agit : non pas de nappes sporadiques mais d'une chape épaisse et comme infinie, qui semble avoir mangé la planète entière et les galaxies autour d'elle. Sept heures, dit ma montre, le soleil doit être en train de se lever quelque part, mais si je tourne sur moi-même, aucune lueur ne me permet de déterminer où se situe l'est. Je photographie des formes ébauchées, des masses confuses aux couleurs estompées par l'élément complice, dense et granuleux.

Je ne mets pas les gants qu'elle m'a offerts, très chauds mais un peu trop petits de sorte qu'ils gênent la circulation sanguine. Quand elle roulait auprès de moi ou derrière moi, je les portais pour qu'elle ne soit pas déçue d'avoir mal estimé l'épaisseur de mes mains et j'avais l'impression que les petits os allaient se casser – les phalanges distales et moyennes brisées par le froid comme des gressins – mais aujourd'hui je porte mes vieilles mitaines dépenaillées, imitation laine. De retour à la maison, je ferai du thé. Un frisson de délectation remonte le long de ma colonne vertébrale à cette pensée : elle n'a pas emporté le thé avec elle, elle n'a pas subtilisé la possibilité du thé. Je me réchaufferai les mains sur la tasse, au début ce sera douloureux, j'aurai l'impression de perdre les ongles mais ensuite la pulpe bourdonnera d'aise et ce sera mieux que de ne jamais avoir eu froid. En attendant, je me contente de souffler sur la peau violacée d'une froideur cadavérique, plus rêche que du carton, et c'est bien. Ça fait l'affaire.

Mais je ne t'ai jamais menti, tu sais. J'aime tes gants tels qu'ils sont, trop petits tels qu'ils sont. Si tu reviens, je serai heureuse, profondément heureuse de les porter même s'ils congestionnent mes mains.

Très bien. Disons que c'est aujourd'hui. Aujourd'hui que je te fais ma dernière offre, écoute-moi : si à mon retour de cette promenade, tu es devant la maison, je ferai comme si rien ne s'était passé. Considère ça comme une amnistie. Tu n'entendras aucun reproche dans ma bouche et je ne me vengerai pas de ta cruauté à la première occasion, tu n'auras même pas à m'expliquer pourquoi, soudain, tu m'as infligé ce que tu sais être pour moi la torture ultime : l'évaporation.

Qu'est-ce qui peut bien faire qu'une femme soudain abandonne celle à qui elle vient de dire, *Quels merveilleux moments j'ai passés auprès de toi, aujourd'hui encore : je veux ça tous les jours de la vie* ? Quelque chose m'a échappé. Mes proches pensent qu'elle attendait le premier prétexte, mon entourage n'a jamais ri avec elle à l'idée d'avoir décroché ensemble la loterie céleste, il ne sait pas de quoi il parle.

Mes ongles essaient de s'enfuir, je les sens qui se tordent, se cambrent et se bombent pour se détacher, quitter leurs encoches de peau. Je n'aurais pas fait un kilomètre de plus sans en perdre un, je le crains. Je me hisse sur les pédales pour tenter de voir si une tache rouge s'esquisse dans la rue mais je dois me rendre à l'évidence : sa voiture n'est pas garée devant la maison. Pourtant, je ne pleure pas et je respire sans ratés. C'est donc bien aujourd'hui. Le jour où je renonce à elle, où j'accepte que le mystère de sa défection demeure à jamais irrésolu.

Pendant ces deux mois, j'ai couru au bord du précipice dans un état second que personne ne comprenait. J'embarrassais les quelques témoins de mes éclats mais ça ne m'arrêtait pas. Je disais que je me tairais quand j'aurais les ventricules racornis, les terminaisons molles et les lobes spongieux, quand je ne serais plus qu'un tas d'ossements secs et que le vent sifflerait entre mes côtes. Je vociférais : *Eh bien quoi ? je suis vivante, je vibre, je me cabre, je rue, je me débats, je hurle, je refuse le silence qu'elle m'inflige – ce silence que je redoute par-dessus tout, quelle coïncidence*. Je lâchais un éclat de rire sans joie.

Je revois le regard flou et les lèvres serrées de mes proches, bras ballants devant le spectacle de ma douleur. J'ai fait ce que j'ai pu, je ne vais tout de même pas m'excuser d'avoir été victime d'une sadique et d'y avoir survécu. Aujourd'hui, je ne dis pas seulement au revoir à l'Évaporée mais aussi à la tragédienne qui s'était emparée de moi. Aujourd'hui, franchement, ça va.

## Ève

Je n'ai jamais su quitter. Je n'ai jamais su partir.

Je me suis fait miroiter des possibles infinis, j'ai eu des enthousiasmes, pour une ville, une peau, un sourire, un regard, une forêt, l'odeur particulière quelque part dans la Drôme d'un village tout penché au coteau d'une colline. J'en ai pris des avions, des trains, et la voiture. J'ai fait des kilomètres. Je connais vraiment bien plusieurs aéroports aux quatre coins du monde, et des dizaines de gares. Mon métier veut ça. Mais j'habite à trois rues de là où je vivais lorsque j'avais huit ans, sur le boulevard Saint-Jacques, près du parc Montsouris, dans le sud de Paris. Je ne peux pas partir. J'ai compris ça, au moins. Il est des liens puissants impossibles à défaire, qui gardent prisonnière même s'ils sont invisibles, même si celles ou ceux à qui ils nous retiennent ne sont plus de ce monde.

Je veille mes morts, voilà.

Un gardien de cimetière prend des congés, parfois, mais revient à son poste. Comment expliquer ça. Ça tient en peu de mots : deux actes de décès que quatorze ans séparent. Et comme un élastique qui me ramène ici, plus grande est la distance, plus l'élastique se tend, plus brutale la détente et urgent le retour. Il m'est arrivé à plusieurs reprises de partir en pleine nuit pour revenir chez moi, quitter différents lieux et même d'autres pays, de rouler toute la nuit. *Une urgence de travail*, voilà ce que je dis, même si ce n'est pas le cas.

Il y a que, plus jeune, il m'arrivait encore de croire qu'une vie n'est pas déterminée par l'endroit d'où l'on vient et par qui nous a faits. Mais à présent je sais que, même à grande distance dans le temps et l'espace, on est le prolongement de nos premières années. Pour toujours la fille de. Ou la fille de personne.

J'ai eu pendant un temps l'excuse des enfants : *Vous comprenez, l'aîné a fait une forte fièvre, il faut que je rentre m'assurer qu'il va bien*. Maintenant ils sont grands, assez pour que je puisse évoluer librement sans le souci constant d'êtres non-autonomes qui ont besoin de moi. Même eux ne comprennent pas. Pourquoi je reste ici, dans cet appartement qui les a vus grandir, où leur père ne vit plus, qui est trop grand pour moi. Je préférerais jeûner, compter chaque centime, plutôt que de le vendre ou le mettre en location. Ici au moins je sais : qui je suis, d'où je viens.

J'habite ces quatre pièces, le silence de la cour, les froufrous des pigeons sur le bord des fenêtres, la lumière du matin qui baigne la cuisine et la lumière du soir qui décline au salon. Pour de vrai j'aimerais, plus que n'importe quoi, une plage de temps sans date de péremption, sans rendez-vous aucun, sans mails auxquels répondre, coups de fil à passer, et simplement rester assise dans la cuisine rouge sur cette flaque de soleil le matin, puis les rayons du soir couchant dans le salon. Peut-être je lirais, peut-être j'allumerais la radio par moments, ou je ne ferais rien. Je n'ai jamais fait *rien*. Moi ce que j'aimerais, c'est aller vers le rien.

Le mieux que je peux faire : habiter le silence, réduire au maximum toutes les interactions. Le riz que j'ai mis à cuire en grande quantité me fera bien quatre repas encore, le temps de ramasser ce qu'il faudra de force pour sortir de chez moi. Ça fait deux jours maintenant que je suis arrivée, un retour chaotique au milieu de la nuit. L'appel de ce retour a été plus intense et plus impératif que tous les précédents. J'étais dans le Vercors, il y avait de la neige, une neige d'avril. Partie en reportage sur les néo-ruraux, la fuite hors de la ville, un dossier spécial à rendre le surlendemain mais que j'ai décidé de ne jamais écrire. Cueillir des témoignages et vivre en immersion quelques jours sur les lieux, tel était le projet. J'ai rencontré des gens qui ont quitté une vie similaire à la mienne pour vivre en collectif sur un flanc de montagne, sarcler leur propre terre, construire des toilettes sèches pour produire du fumier, collecter l'eau de pluie, suivre des formations en charpente, menuiserie et électricité, s'organiser ensemble et vivre autrement.

Jenny aurait aimé l'endroit, ses habitants.

Quand on m'a expliqué le fonctionnement du lieu, après que ma demande d'écrire un reportage sans citer aucun nom ni la localité a été validée, j'ai simplement inscrit mon prénom à la craie au tableau collectif des tâches de la semaine : repas et nettoyage, réparation des bâches de la serre, élagage des branches encore givrées, craquantes, qui obstruent les chemins. J'étais simplement là, une partie d'un tout, et l'envie m'est passée dès le premier soir d'objectiver les choses en écrivant dessus et de faire des personnes qui ont créé ce lieu un sujet de papier.

Je pensais à Jenny si fort et sans arrêt que je la voyais presque, debout devant la grande gazinière, préparer l'eau bouillante pour la tisane du soir. Une des habitantes lui ressemblait un peu, ajoutant à mon impression que sa présence pouvait se matérialiser ici à chaque instant. Le soir j'ai tenté d'allumer un feu dans le petit poêle de la yourte où je dormais, je l'imaginais rire et me dire : *Laisse-moi faire*. Elle sait, ce genre de choses : empiler les brindilles sur le papier journal puis construire un cône avec les bûchettes. Elle m'avait appris mais ça ne prenait pas. J'ai dormi dans le froid et l'odeur de fumée et me suis levée tôt.

Lors de mon troisième jour sur place, pour la première fois depuis si longtemps que je ne me souviens pas si cela s'est déjà produit auparavant, j'ai marché en montagne, seule, sans connexion, et je me suis perdue. La neige était vierge dans la forêt de pins au-dessus du terrain où vit le collectif, je suivais les balises jaunes peintes sur les grands troncs. Puis je n'en ai plus vu. J'observais les traces de chevreuils, de lapins, cassais des stalactites accrochées aux épines des branches les plus basses. Mon téléphone était totalement muet, privé de tout réseau. Je me suis sentie légère. Je n'ai pas eu peur. J'ai marché tranquillement, suivant le fil de mes errances intérieures, sûre que je trouverais mon chemin à nouveau.

Puis j'ai perdu le fil, mon pas s'accélérait. J'ai eu tout un dialogue avec elle dans ma tête, lui demandant pardon, lui expliquant pourquoi je suis partie comme ça.

Mais le pourquoi est trop lié à une histoire dont elle ne sait rien, et que je ne suis pas prête à lui révéler. C'est prendre trop de risques.

On s'est disputées fort dans le silence neigeux, puis je l'ai si bien vue m'ouvrir grand ses bras pour me serrer contre elle, que j'en aurais pleuré. Et oui, évidemment, elle me pardonnerait d'être partie comme ça. Et oui, évidemment, ma place est dans ses bras.

Je me suis accrochée à la pensée lucide que le temps ferait tout, qu'il joue en ma faveur. Le temps qui passe m'éloigne du refuge de ses bras, de son odeur que j'aime et qui me rassure tant, de la paume de ses mains qui, posées sur mon dos, procurent plus d'apaisement que les anxiolytiques que je gobe à Paris. Le temps guérit de tout, me suis-je répété.

Je me suis aperçue que je marchais très vite, comme pour m'éloigner de toutes ces pensées qui me ramenaient à elle, j'en étais essoufflée.

Une suite de hasards m'a rendue à la piste, j'ai retrouvé mon chemin et les balises jaunes. J'y ai vu comme un signe : mettre de la distance est la seule solution.

J'étais exténuée.

En fin d'après-midi, quand je suis arrivée à la yourte où j'étais hébergée, j'étais obnubilée par une seule idée fixe : rentrer chez moi, fermer à clé la porte de mon appartement, ne plus laisser entrer ni pensées, ni humains.

Pour le repas du soir, je ne suis pas allée dans la cuisine commune du bâtiment central où l'on converge depuis les cabanes, les tentes et caravanes qui occupent le coteau. Je n'avais pas la force.

J'ai rempli une bouteille d'eau à l'abreuvoir, rangé toutes mes affaires et repris la voiture en laissant juste un mot de remerciement, leur dire que je devais rentrer à Paris : *Une réunion urgente*. Le travail est l'excuse la plus valable, surtout dans mon métier. Je leur ferai un mail pour leur dire que finalement je me suis ravisée : ce lieu gagne à ne pas être connu du grand public. Je leur dirai aussi que c'est grâce à ce lieu que j'ai été capable d'éteindre mon téléphone, cette fois volontairement.

Depuis que je suis rentrée, je me ramasse toute, compacte et calfeutrée, et j'attends que ça passe. Il faut bien que ça passe. Cet état de repli intérieur, bien plus impératif que tous les précédents – était-ce la forêt ? Le silence absolu ?

Avant ça, il m'était arrivé d'éteindre mon smartphone deux ou trois heures parfois, jamais pour la journée.

Ça fait plusieurs semaines sans nouvelles de Jenny, à force de silence elle a cessé d'appeler, d'envoyer des messages. J'ai quand même la phobie de voir s'éclairer l'écran de mon portable, parce que malgré moi j'attends et crains encore un signe de celle que j'aime et que j'ai dû quitter. J'ai développé envers cet outil connecté un rapport masochiste. Je redoute qu'il vibre mais guette ses signaux de manière compulsive.

Il me fallait couper pour de bon, je me suis simplement fendue d'un SMS à mes fils et à deux collègues pour leur dire que je serais peu joignable dans les jours à venir. Mes fils ne s'inquiètent pas, ils sont en vacances chez leur père encore une bonne semaine, et leur jeune vie d'ados est bien plus passionnante que celle de leur mère. Au bureau en revanche, ça devient compliqué. Les collègues s'affolent. Deux papiers en retard. Les *friendly reminder* en titre des mails vont bientôt laisser place à des ultimatums. Et les amies s'émeuvent, d'habitude c'est moi qui viens aux nouvelles. Là je n'y arrive pas. C'est un effort trop grand que de récupérer toutes ces parties de moi, parcelles invisibles, que j'ai éparpillées là-haut dans la forêt, comme les particules de poudreuse scintillante qui flottaient dans l'air frais quand je frôlais une branche.

Je dois me rassembler, retrouver mes contours, floutés depuis longtemps. Chaque fois que je mêle ma voix à celle d'une autre, que j'échange un regard, que j'entre en contact avec un être humain, quelque chose se dilue. Depuis que j'ai mis le smartphone en veille (c'était avant-hier soir), ça va quand même mieux. J'attends, je me rassemble.

## Jenny

Je l'attrape à mains nues, par poignées. La matière noire et grasse déborde entre mes doigts. Certaines épluchures se sont décomposées moins vite que d'autres et je trouve étrange de pouvoir les identifier ; cette tache orange, là, est sans doute le souvenir d'une carotte. C'est peut-être elle qui l'a épluchée, il y a des mois, puis coupée en très fins bâtonnets pour notre apéritif – lamelles de tofu fumé que parfumaient sésame et amandes, crackers au romarin et olives piquantes, pour accompagner les vins de tout petits producteurs que je choisissais chez le caviste et le jazz que je diffusais à faible volume pour ne pas gêner les voisins – Annette Peacock, Mourning [A] BLKstar, Zara McFarlane et tant d'autres. Maintenant le compost s'effrite entre mes doigts, je le saupoudre sur la terre que j'ai retournée à la force de mes jambes, bondissant sur la lame de la bêche pour arracher d'énormes blocs à la terre généreuse, sombre et humide, avant de les fragmenter pour en extraire patiemment les adventices, leurs racines et radicelles. Je ne pourrai pas planter les légumes avant les saints de glace mais il est important de bien préparer le sol.

Je mélange à la terre l'agrégat de mes déchets, pour la plupart des épluchures de fruits et légumes qui ont poussé dans mon potager puis pourries toutes ensemble dans un bac en bois. Les dépouilles de ces fruits et légumes vont fertiliser la terre dont ils sont issus et, pendant des semaines, tous les jours je viendrai m'accroupir devant les tiges des jeunes plants, chaque fois un peu plus hautes, plus charnues, plus bourgeonnantes, au cœur de ce cycle incessant.

Tandis que je tire vers moi les dents d'acier dont la peinture verte est encore intacte, je secoue la tête à l'idée que, récemment encore, je me servais de cet outil à d'autres fins que de nourrir la terre : l'Évaporée avait tenu à l'acheter, refusant de me laisser payer. *Laisse-moi m'investir dans ce jardin*, avait-elle dit et j'avais accepté, ravie qu'elle souhaite s'implanter dans ma terre. Longtemps, je me suis remémoré ce type de détails pour attiser l'espoir qu'elle revienne. Je revois la tête de mes amies le jour où j'ai présenté comme un bon augure cet article de jardinage neuf, l'étiquette adhésive encore sur le manche. *Une serfouette*, a dit Zia, *qu'est-ce que c'est que ce truc ? Une espèce de fourche*, a répondu Annie. *Une serfouette, Jenny*, a répété Zia. Elle me fixait comme si elle cherchait au fond de mes yeux une lueur d'autodérision et, n'en trouvant pas, elle a conclu que j'avais perdu pied.

Je lui ai rejoué pour la énième fois un échange que j'avais eu l'été dernier avec celle que j'appelais encore mon miracle, ma force et ma lumière. Et qui m'avait surprise en disant, *J'espère que tu es sûre de toi parce que je m'apprête à bouleverser ma vie pour être à tes côtés*. Ce n'était pas une question puisque ma réponse ne faisait aucun doute, elle le savait : j'étais absolument sûre de moi. Ma seule crainte était qu'elle finisse par regretter. Zia a soupiré, lassée d'entendre cette anecdote, et fait le même commentaire que les fois précédentes :

– Ces derniers temps, elle n'était même plus capable de passer une semaine entière avec toi, il fallait qu'elle fasse *un saut à Paris*. La fille est tellement ambitieuse qu'elle fait six heures de voiture pour se montrer au bureau et tu imaginais qu'elle quitterait son poste pour s'installer dans ta petite ville minière sans prestige et te regarder passer la serpette ?

– La serfouette, a corrigé Annie.

– C'est ce qu'elle disait. Elle l'a dit pendant plus d'un an.

– Tu crois tout ce qu'on te dit ? Tu as un cerveau, non ? Tu es capable de voir quand les actes ne collent pas au discours ? Tu ferais bien d'ôter ses affaires de ta vue, a-t-elle conclu.

Je n'ai pas suivi ce conseil, pas tout de suite, moi qui habituellement me plie sans hésitation aux ordonnances de Zia – après plus de vingt ans d'une amitié vécue comme un quotidien, nous nous connaissons mieux que quiconque, mieux que nos propres parents ne nous connaissent. Non, Annie a désormais une connaissance de Zia plus juste que la mienne : si elles ne vivent ensemble que depuis une douzaine d'années, elles partagent davantage que des soirées ou de sporadiques promenades. Mais à l'inverse, personne ne me connaît mieux que Zia, et cette pensée me rappelle que je n'ai pas su construire de relation sentimentale qui excède trois ans et demi. Je devais le faire, avec Ève, nous nous l'étions promis : *À notre bonheur éternel ensemble*, disions-nous en entrechoquant nos verres. Elle devait être celle qui un jour me connaîtrait mieux que Zia ne me connaît, mieux que quiconque. C'est pourquoi je n'ai pas immédiatement écouté les préconisations de mon amie. Je n'étais pas prête à déclarer impossible ce que les marabouts appellent le retour de l'être aimé.

Je ne me souviens pas quand les traces de l'Évaporée ont cessé de me rassurer, quand j'ai cessé d'y voir une promesse de son retour : ses vêtements dans l'armoire, ses cosmétiques dans la salle de bains et son vélo dans le hall d'entrée. Je convulsais quand j'ai empli les grands cabas de ses vêtements, sous-vêtements et pommades, et les ai entreposés dans la cave, près du vélo que j'avais descendu à grand-peine, imaginant quelle mort grotesque serait la mienne si je me brisais la nuque dans cet escalier.

À la faveur de ce déménagement miniature, quelques-uns de ses cheveux ont reparu ; je les ai découverts quelques jours plus tard, quand j'ai vidé le bac de l'aspirateur et que je les ai trouvés entortillés autour du filtre, j'ai cru mourir. Aujourd'hui encore, j'en conserve un. Sous le drap-housse, de mon côté. Il est caché, il ne me saute pas à la figure, je ne le compulse qu'en cas de besoin.

*Mais ça suffit*, je me sermonne. *Reviens à ce que tu fais. Tu as de la chance, tu as les mains dans la terre, sois reconnaissante et fais taire ce cerveau défectueux.* Je me tourne vers la caissette de tubercules germés qui attend sur une dalle en ciment de l'allée. Je lui souris. *Je vais vous creuser de belles tranchées, vous allez voir ça*, je promets à mi-voix. Ce sera ma deuxième plantation de tubercules depuis la fin de l'hiver ; bientôt il faudra butter la première tandis qu'aujourd'hui la seconde va se lover dans la terre. Je pourrai ainsi, à moins qu'un parasite inopiné ne s'y oppose, espacer les récoltes. Les pommes de terre survivent sans peine aux dernières gelées sous le voile d'hivernage que je leur ai acheté – c'est mignon, à la fois kitsch et attendrissant, comme un petit caniche en manteau.

Je creuse une première tranchée, puis une deuxième, à soixante centimètres de la première ; une troisième ; et ainsi jusqu'à la limite de la pelouse. Je dispose les tubercules à trente centimètres les uns des autres. Je les recouvre et bientôt on ne distingue plus que vaguement les sillons, lignes légèrement foncées sur le rectangle de terre. Je ramasse les résidus d'adventices que j'ai triés tout à l'heure, les entasse dans des sacs réservés aux déchets verts. Je sème du gazon dans les trous de la pelouse, tends des filets que j'agrafe à des piquets en bois pour que les oiseaux ne mangent pas toutes les graines – qu'ils finissent plutôt leurs boules de graisse, pendues au fil à linge et dans les branches du figuier. J'arrose les graines, soulevant l'arrosoir aussi haut que possible pour simuler une pluie fine.

Je masse le bas de mon dos endolori en contemplant mon travail. Puis je consulte ma montre : presque six heures déjà. Je balaie le ciel d'un regard et constate qu'en effet, le soleil a décliné, quand soudain je tressaille comme sous l'effet d'une décharge électrique. Je ris, seule, toutes dents dehors au milieu du jardin dans mon short maculé de terre et mon t-shirt *I love herbivores* fait main. Les voisins vont croire que j'ai perdu la tête, pourtant je suis simplement victorieuse : pendant plus de deux heures, je n'ai pas pensé à elle.

Je triomphe, un peu de boue sèche tire sur ma peau des ondes de picotements ténus – cependant qu'elle, dans sa grande ville, fume sur un balcon étroit auprès de chrysanthèmes en pot à moitié crevés, les yeux plissés dans le soleil couchant qui gomme la laideur de l'immeuble en vis-à-vis. L'idée qu'elle discute en ligne sur un site de rencontres m'effleure l'esprit ; je m'en ébroue.

Par chance, il me reste à tendre le voile d'hivernage sur les pommes de terre.

## Ève

J'ai retrouvé la clé comme un hasard, sachant que ce n'en est pas un. J'y pensais depuis hier soir, quand j'ai ouvert la chambre au bout de l'appartement, celle après la cuisine, pour y ranger l'anorak et les chaussures de marche, qui ne serviront plus avant un bon moment. Ce besoin de rangement de certaines affaires ne me dédouane en rien de ma fuite, si lâche, mais ça fait de la place, et pas que dans l'entrée. Il fallait faire disparaître la preuve de l'autre vie possible aux côtés de Jenny, toutes ses traces matérielles. C'est bien trop difficile de ne pas penser à elle quand des objets épars autour de moi me disent : *Souviens-toi, cette balade sur ce petit sentier qui part derrière chez elle. Tu portais ces chaussures qu'elle t'avait achetées dans le même magasin où tu as trouvé pour elle le tout dernier cadeau que tu lui as offert, des gants high-tech pour ses sorties à l'aube sur les chemins givrés.* Les chaussures ont encore de la boue craquelée attachée aux semelles, fragments d'une promenade et d'un jour pluvieux, et que j'ai balayée du carrelage de l'entrée. Je me suis rappelé l'odeur de terre mouillée, avant de la chasser avec la fumée d'une cigarette, énième de la journée.

Les cigarettes aident à surmonter ces moments de descente d'organe, le cœur dans l'estomac. J'en tousse tellement la nuit, de tous ces moments-là.

La ville est plutôt calme, les Parisiens ont fui, c'est semaine de vacances. Même sur le boulevard Saint-Jacques en contrebas, les voitures sont rares. J'ouvre la porte-fenêtre du salon pour fumer. Mon corps y trouve de nombreuses fois par jour sa posture familière : les fesses sur le coin droit et les jambes étendues sur l'angle de la rambarde de ce balcon courant. La voisine d'à côté me fait parfois la remarque du risque que je prends à m'asseoir comme cela, juste au-dessus du vide, mais on est au premier. Et je n'ai pas le vertige, même si la première clope en début de matinée me fait tourner la tête. J'observe les passants aux visages fermés, les quelques véhicules qui remontent du périph depuis Porte de Vanves ou Porte d'Orléans, via la rue de la Tombe-Issoire.

Je ne sais pas encore bien remonter le fil qui m'a menée à prendre la voiture pour revenir à Paris, voici quelques semaines, que je n'ai pas comptées. C'était la chose à faire. Après, c'est comme un vide, les jours ont défilé, j'ai fait ce qu'il fallait. Pas besoin d'en rajouter.

Mais le problème, depuis ma fuite, c'est que l'appartement comme le quotidien sont truffés de minibombes qui m'explosent au visage quand je ne m'y attends pas. Je n'étais pas préparée à cela, quand j'ai pris la décision de partir. Était-ce vraiment une décision ?

Mon corps a fait cela tout seul : attraper l'anorak dans l'entrée de sa maison, enfiler pieds nus mes chaussures de marche, décrocher du clou de sa cuisine les clés de ma voiture, puis rouler vers Paris sans même laisser un mot, au milieu de la nuit. Il me semble qu'ensuite mon incapacité à répondre aux messages et appels de Jenny ne relevait pas vraiment de ma volonté propre. Le manque d'elle a grandi, devenant intolérable, surtout la nuit. Quand j'attends que son corps vienne se coller au mien, les courbes dans les creux, parfaitement ajustés, le drap doux de sa peau venant couvrir la mienne. Pourtant, je ne me résous toujours pas à la rappeler.

Plus aucun signe d'elle depuis quelque temps, mais il y a ces objets qui surgissent sans prévenir et minent le quotidien. Ce matin j'ai soulevé des vêtements entassés depuis de longs mois sur une chaise de ma chambre pour y chercher un jean, et voilà que ma main et mes yeux se sont posés sur un t-shirt blanc qui lui appartient, qu'elle portait lors de son dernier court séjour à Paris.

Le placard de la chambre du fond s'est donc enrichi d'un nouveau mini-cercueil, une boîte en carton lisse où le t-shirt que j'ai plié (et dont je n'ai pu m'empêcher de guetter le fantôme de l'odeur chérie en humant le tissu au creux des aisselles) est allé rejoindre la brosse à dents que je gardais pour elle, couchée dans son linceul de plastique blanc (je l'ai délicatement enroulée de cellophane avant de l'allonger dans la boîte). Chaque fois que j'entrerai dans la chambre du fond, je sentirai la présence de ce petit mausolée. Le deuxième que contient ce placard. L'autre est le coffre en bois que je n'ai pas ouvert une seule fois en vingt ans, et sur lequel mes orteils ont buté lorsque j'ai déposé la boîte ce matin. Ironie. Il n'y a pas de hasard, la création du mausolée a réveillé la dépouille de souvenirs qui gît dans ce coffre depuis si longtemps.

Je me suis rappelé, comme une fulgurance, que la clé est perdue et c'est sans doute mieux, puis j'ai fermé la porte du placard et la chambre, et suis retournée dans la cuisine où l'eau de la bouilloire commençait ses remous. Un jour presque normal, si on oublie le fait que je ne me suis pas encore remise au travail, et que je fais la morte face aux mails qui arrivent du bureau. J'ai préparé un thé, le thé vert à la menthe, et puis j'ai repensé brièvement à la clé.

Et voilà que le soir même, je la trouve dans un des tiroirs de la commode de ma chambre, en y cherchant des clopes. Je n'avais plus rien à fumer mais quelque chose en moi refusait de sortir. Et là dans ce tiroir, sous un ancien paquet de blondes au tabac sec, le contact d'un objet de métal sous mes doigts. Je l'ai saisi : la clé.

Donc maintenant je peux ouvrir le petit cadenas du coffre en bois, rien ne m'interdit plus de venir rencontrer celle que j'ai été, sous la plume d'une autre, il y a plus de vingt ans.

## Jenny

J'inspire profondément. Le parfum de l'aubépine en fleur emplit mes poumons, je ferme les yeux un instant pour sentir ses bienfaits se diffuser jusque dans mes terminaisons nerveuses. Je tâche de poser ma voix.

– Je sais que ce n'est pas raisonnable de la regretter alors qu'elle me traite si mal. Je me le répète chaque fois que j'ai envie de l'appeler, croyez-moi, mais vous négligez un détail. Vous allez peut-être me trouver impudique, niaise ou puérile, mais je l'aime, en fait. C'est ce qui complique les choses.

– Oui, c'est vrai, dit Zia. Tu as raison.

Je ne m'attendais pas à cette réponse. Déconcertée, je laisse mon regard dériver lentement sur le chemin et je la vois qui s'avance vers nous. J'aperçois d'abord son chien, immense, blanc, impétueux, encore plus grand que lors de notre première et unique rencontre, quand, pétrifiée, je me suis immobilisée de profil, les mains jointes sous le menton tandis qu'il sautait autour de moi dans un flou de poils longs et que je l'ai appelée, elle, *Vous pourriez faire quelque chose ?* Une femme de mon âge, seule, qui portait des chaussures et un sac de style beige ainsi qu'un bonnet – en plein été mais c'était une matinée plutôt fraîche et il était très tôt. *Il ne vous fera aucun mal*, m'a-t-elle assuré. Son calme donnait à mes exclamations, par contraste, un petit air hystérique. *Mais vous comprenez qu'il puisse faire peur, non ?* Elle n'a pas répondu à ça, s'est seulement dite désolée qu'il m'ait ralentie dans ma course. Elle avait un beau visage androgyne, des cheveux courts et une voix profonde et sage. J'ai dit que ce n'était rien et j'aurais aimé ajouter autre chose mais c'était trop tard, nous avions fini de nous croiser. Je me rappelle parfaitement que c'était un de ces jours où j'agonisais dans le silence de l'Évaporée. Qui sait de quoi j'étais punie, ce jour-là. J'avais appelé Zia et lui avais déclaré solennellement – comme si je la menaçais, elle, mon amie – que ce matin-là, j'avais été capable de trouver du charme à une autre femme.

– Tu sais, Jenny, on entend ce que tu nous dis mais c'est étrange pour nous parce qu'on l'a vue, combien, cinq ou six fois en un peu plus d'un an ? C'est comme si cette relation n'était pas réelle. Enfin, pour nous, tu vois ?

Je les écoute en même temps que je prends acte de la présence, à quelques pas de moi, d'une femme que j'ai croisée il y a quelques mois et que j'espérais revoir depuis l'ultime évaporation – cette perspective me divertissait d'Ève et c'était tout ce que j'en attendais, d'ailleurs je me suis plus d'une fois demandé ce que je ferais si soudain l'inconnue surgissait au coude du chemin. Est-ce que je lui parlerais ? Si je n'avais pas croisé cette femme ici, l'été dernier, je n'aurais pas trouvé refuge sur cette ancienne voie ferrée verdoyante longue de sept kilomètres quand ma fiancée s'est évaporée, pas plus que dans n'importe quel autre des sites hantés que j'ai fuis pendant des semaines. À présent, elle est à quelques mètres de nous avec son grand chien blanc mais je ne me manifeste pas, je ne tire pas sur les manches de mes amies pour dire, *C'est elle, la femme dont je vous ai parlé l'été dernier, vous vous en souvenez ?*

– Non seulement on ne la voyait pas souvent, dit Zia, mais elle ne disait jamais rien de personnel.

Je me rappelle que nous parlons de l'Évaporée mais je ressens une certaine confusion car il me semble, au moment où nous nous croisons, que le regard de la femme au chien blanc reste accroché au mien, une fraction de seconde, comme un pan de tissu à une épine.

– Et puis les gens qui écoutent les autres sans rien dire ont toujours un air un peu supérieur, ajoute Annie, c'est désagréable. Comme s'ils nous jugeaient.

Je reviens à la conversation.

– Souvent, quand vous étiez parties, je lui demandais si elle s'était ennuyée.

– Ah tu vois, tu l'as remarqué, toi aussi. Elle conservait toujours une réserve face à nous. Je n'ai aucune idée de qui est cette femme. J'ai joué à la belote avec elle mais je n'ai jamais vu son vrai visage.

– Tu n'aurais pas un truc avec les filles qui alimentent leur propre légende ?

– Tu ne sais jamais à qui tu as vraiment affaire.

– À supposer qu'elles le sachent elles-mêmes. Le pire, c'était – comment elle s'appelait ?

– Je vois de qui tu veux parler. Elle commentait tout ce qu'elle faisait comme pour se donner une aura mythique. Du genre, Je me regarde passer l'aspirateur.

Mes amies rient aux éclats, la tête renversée. Je comprends à qui elles font allusion – une très jeune femme avec qui j'ai vécu la plus brève relation de ma vie, juste le temps de me sentir préhistorique. Un rire fatigué trébuche au seuil de ma gorge. Quelque chose en moi se détend et j'abandonne l'idée de faire volte-face pour rattraper la femme au grand chien blanc.

– Quoi ? C'est pas vrai ? Tu l'avais dit toi-même, elle t'appelait, ça durait des plombes et tu finissais par lui demander ce qu'elle voulait.

Je hoche la tête.

– J'avais l'impression que ma fonction dans sa vie était d'écouter ses didascalies. Je pense qu'elle essayait juste de s'aimer un peu.

– En tout cas, il est chouette, ton chemin. Il sent bon et on ne croise quasiment personne. Je comprends que tu aies trouvé refuge ici.

## Ève

Je n'ai jamais su quitter, on me pousse dehors. Je m'en rends compte trop tard, en général lorsque je suis déjà partie. Mais ce n'est pas moi qui pars, comment expliquer ça. C'est comme se retrouver dans une certaine gare très loin du lieu qu'on aime, mais sans se souvenir quel train on a pris, les endroits traversés, la durée du voyage. Une gare de misère, le trou du cul de France, pas de charme ni rien, pas d'ambiance désuète ou d'atmosphère vintage, comme on dit maintenant. Juste un banc et les voies, et toi tu te demandes comment t'es arrivée et quel fut ce trajet, de quoi tu as été vraiment la passagère. Sidération totale.

Ça a duré deux ans, que je n'ai pas vus passer. J'étais très jeune alors, avec cette passion folle, et toute ma joie intacte.

Lui m'a menée à elle, comme un fil d'Ariane qui n'avait pas conscience de relier deux êtres, mais dont il a sans doute œuvré à la rupture. Il était professeur de philo au lycée dans lequel j'étudiais, l'année de terminale. Elle était journaliste, mon métier maintenant.

C'est elle qui m'a mis le pied à l'étrier, comme on disait avant. Ensemble ils formaient ce qu'on appelle un couple d'intellectuels de gauche. On les voyait parfois en terrasse rue Daguerre les jours de marché, certains samedis au Flore, ils avaient des amis à Saint-Germain-des-Prés. Il signait des tribunes contre la guerre d'Irak, elle des reportages dans les pages Société d'un grand quotidien. Je me suis sentie élue le jour où j'ai gagné le prix d'un concours d'écriture auquel il avait inscrit notre classe. J'avais toujours des seize, des dix-sept, des dix-huit, à mes dissertations. Une fois, j'ai tenté une nouvelle au lieu de l'habituel plan à thèse-antithèse-synthèse. Je ne sais plus le sujet, ça va me revenir. Mais un conte me semblait plus adapté au thème qu'une dissertation, j'ai écrit un dialogue entre deux hommes qui débattaient de l'oubli. Un qui buvait pour oublier, l'autre qui vivait pour le devoir de mémoire. Maintenant que je m'en souviens, c'est drôle non, ce sujet, qui portait sur l'oubli. L'oubli philosophique. C'était prémonitoire.

Ce que je n'oublie pas : c'est moi qui l'ai dragué, de façon éhontée. Je lui ai même glissé mon numéro de téléphone sur un bout de papier, un jour après la classe. Il a attendu que j'aie quitté le lycée pour l'université avant de m'inviter dans leur appartement. Il était très prudent et craignait le scandale, jamais on ne l'a vu avec une des élèves en dehors du lycée avant diplomation. Les jeunes qui venaient chez eux, que lui et elle appelaient leur *famille*, avaient un peu plus que mon âge. Plumes en herbe, poètes, artistes en devenir.

J'aspirais comme tant d'autres à faire partie du cercle. Les filles y étaient rares. Plusieurs de ces garçons parmi leurs protégés ont fait carrière. Je n'ai gardé de lien avec aucun d'entre eux.

Les garçons de mon âge lorsque j'avais vingt ans ne m'intéressaient pas. Je draguais les quadras. Au premier semestre de l'année de terminale, j'avais déjà couché avec mon prof d'anglais, qui était terrifié à l'idée que sa femme ne le sache infidèle, que la proviseure ne l'apprenne, et de se faire virer. Les hommes sont si faciles. On ne dit jamais d'eux *lui c'est un homme facile*, mais moi je peux le dire, les hommes sont si faciles, c'en est déconcertant. Suffit d'avoir vingt ans et les seins qui pigeonnent, des jambes gainées de noir, des jeux de chevelure et le tour est joué. Les femmes sont plus coriaces, ça je peux en jurer, j'ai vingt ans d'expérience en matière de foirage de relations amoureuses. Et mes plus grands chagrins, je les dois à des femmes, et le plus grand de tous, à son épouse à lui.

J'avais vingt-deux ans, je n'ai rien oublié.

Le sujet, donc : l'oubli. Il m'avait mis un quinze. Avec un commentaire : « C'est bien écrit, mais ne faites pas cela aux épreuves du bac. »

Personne n'a oublié. Cette histoire est publique. Elle a écrit un livre pour fixer mon passage dans les pages de leur vie, faisant ainsi de moi un être de papier. Je ne sais plus qui je suis depuis que c'est arrivé. J'ai œuvré sans relâche les années qui ont suivi, pour devenir quelqu'un. Très littéralement : devenir une personne. Ne plus être la fille sans histoire officielle, sans généalogie, l'amoureuse que l'on cache. Ce faisant, décaper les sous-couches de honte tapies loin en dedans. Réussir dans la vie. Tenir ses objectifs. Je me suis mariée jeune et j'ai fait deux enfants, comme mes copines de fac, j'ai vite pris une nounou pour pouvoir travailler. J'ai divorcé comme elles, travaillé sans arrêt, grimpé les échelons. Tout ça est d'une logique parfaitement entendue même si c'est épuisant, suivez seulement le script, il est écrit partout. Ma seule différence par rapport aux copines, c'est que j'aime les femmes un peu plus que les hommes, et qu'elles me brisent le cœur un peu trop facilement.

Elle fut la première de celles que j'ai aimées, et par qui j'ai souffert. J'en viens à me demander si c'est vraiment tenable, ce truc du sentiment, du tomber amoureux et se casser les dents chaque fois plus durement. Ça me fait l'impression d'un immense carnage, de quoi quitter le jeu, s'arrêter pour de bon. De toute façon maintenant, je n'y arrive plus. C'est venu sans crier gare, abandon de partie sans préméditation. J'ai repris ma voiture et roulé sans arrêt pour rentrer à Paris.

J'ai repris le travail et le quotidien comme si de rien n'était, je n'ai pas annoncé à mes deux grands garçons qu'on ne verrait plus Jenny. Je n'y parviens pas. Plusieurs semaines se sont écoulées sans heurt apparent, puis j'ai dévié doucement, jusqu'à sortir des rails. Ce reportage dans le Vercors que je n'ai pas su boucler. Cette errance en forêt, dans la neige de montagne. L'appel du retour. De nouveau reprendre la route vers chez moi, cette fois incapable de jouer correctement ce rôle que je me suis taillé. La machine est en pause depuis quarante-huit heures, je ne fais quasi rien d'autre que de rester assise, écrire dans mon cahier, ou fumer au balcon.

Le paquet terminé, chercher des cigarettes, trouver la clé du coffre. Exhumer cette histoire. Ça fait pile vingt ans, aujourd'hui justement. C'est peut-être ce qui m'a fait brutalement décamper de chez Jenny en pleine nuit pour rentrer à Paris, il y a quelques semaines. Un rendez-vous donné par celle que j'ai été. Un tête-à-tête urgent avec celle que j'aimais lorsque j'avais vingt ans.

J'avais cette habitude de jeter au visage du premier venu mon cœur de fille tout neuf, palpitant, rebondi, et de le rattraper quand on me le renvoyait, sans trop grande douleur. Mais elle, c'est autre chose. Elle qui avait une allure, de tout sauf de *femme de.* On ne l'imaginait pas épouse, ni au foyer.

Elle était si brillante, impressionnait quiconque discutait avec elle, quel que soit le sujet. Qui se souvient d'elle ? Plus grand monde à présent. Son nom à lui aussi a plongé dans l'oubli. Et pourtant ils jouissaient d'une aura à la Sartre et Beauvoir, du moins dans mon lycée. Il était bien plus beau, elle était bien moins femme. Pas de turban noué sur une longue chevelure attachée en chignon : ses cheveux courts bouclaient librement autour de son visage qui évoquait plutôt un marin au long cours qu'une Germanopratine. Et jusqu'à son prénom, qui était masculin. Frédérique, dite Fred, portait des salopettes en tissu bleu épais avant que ce soit la mode. Des bottes de moto, des chemises blanches froissées. Elle avait une classe qui vous tournait la tête. Ses mains, brunes et nerveuses, on les imaginait vous caresser la nuque, vous saisir, vous tenir. Elles ne vous lâchaient plus, ses mains, une fois qu'on avait vu, qu'on les voyait vraiment. Agiles sur le clavier et avec un stylo tout comme avec la chaîne graisseuse de mon vélo qu'elle savait replacer en un geste précis, juste avant d'actionner la pédale d'un coup sec : *Voilà, c'est réparé !* C'est d'ailleurs comme cela que l'on s'est rencontrées. Mon vélo déraillé, juste en bas de chez eux, un jour que je venais déposer un ouvrage emprunté au mari. Il restera sans nom, ce n'est pas lui qui compte, et puis son nom je l'ai, ma foi, trop entendu. Elle ne l'a pas quitté, bien sûr, évidemment. Dans cette histoire j'étais et suis restée l'invitée. Celle qu'on ne choisit pas à la fin du roman, lorsqu'il faut délacer le nœud cornélien : le mari ou l'amante ?

Et pourtant, j'y ai cru.

Les feuillets du manuscrit qu'elle a écrit au sujet de notre histoire, elle me les a légués. J'aurais pu les brûler. Je le pourrais encore, mon briquet juste là à portée de ma main fait saillie dans ma poche, et appuie sur ma hanche, sous le tissu du jean. Mais c'est son écriture qui m'arrête, une fois le coffre ouvert, les feuillets exhumés. Cette écriture précise, à l'encre noire si nette encore, celle du stylo-plume qu'elle a tenu dans sa main gauche, un jour, il y a longtemps. Car Fred était gauchère, une de ces petites choses qui vous distinguent des autres. Par extension magique à travers les années, c'est sa main qui revient, comme pour me toucher. Sa main brune, décidée. Sa main qui a tracé les mots de ce récit réel et mensonger, dans lequel mon prénom est à peine déformé : Éva au lieu d'Ève. C'est moi, c'est mon histoire, dont elle m'a effacée en me faisant objet de son histoire à elle. L'invitée de l'histoire.

## Jenny

Je me demande ce que tu fais, toi, dans ta foutue capitale asphyxiée. Tu as désormais tout le temps de t'immerger dans le travail, sans interférence de mon encombrant amour ; je t'imagine frétiller devant l'immensité de la tâche, armée de ton téléphone et de ton carnet, comme je le fais au seuil du jardin, gantée de vert, une binette à la main gauche et une bêche à la droite.

Moi aussi, j'ai aspiré à la reconnaissance de mes pairs comme si elle pouvait ratifier mon existence ; moi aussi, j'ai souhaité compter dans mon milieu professionnel ; moi aussi, j'ai souri de côtoyer les gens dont la ville aime prononcer le nom, j'ai souri le dos bien droit comme un gamin sur un poney, mais quand je rentrais chez moi et me remémorais ma soirée au sommet, je ne visualisais qu'une image figée, de ces images que véhiculent la publicité, les réseaux sociaux et les vidéo-clips, où tout le monde semble débordé par l'intensité de sa joie. Ce n'était pas ce vers quoi je tendais quand j'ai fui le territoire sans prestige de mes origines : je rêvais d'écrire des textes qui feraient trébucher les définitions du roman, de la poésie et même du scénario, car j'étais aussi une cinéphile, sûre de mon regard, d'une arrogance presque touchante. Puis je me suis perdue. Je ne m'en suis pas rendu compte avant longtemps, je parlais trop fort, mais la prise de conscience m'a fait l'effet d'un coup de batte dans le nez. Je suis revenue ici. C'est une forme de retraite anticipée, non pas de l'écriture mais du genre de choses qui, toi, t'animent encore et que tu appelles *le besoin de te prouver à toi-même* ceci ou cela – le COD varie, au fond il pourrait aussi bien ne pas y en avoir ou ce pourrait être *toi-même*, oui, c'est ça, tu voudrais te prouver toi-même à toi-même. Mais tu ne me feras pas croire que tu ne cherches pas également cette preuve dans le regard des autres. Je m'y suis fourvoyée, moi aussi. Puis je suis revenue à plus d'humilité, littéralement : je suis revenue à la terre. À celle que j'ai fuie dès mes dix-huit ans, celle qu'ont creusée mes grands-pères et que mes grands-mères ont triée pour la société des houillères, celle que j'aime aujourd'hui effriter à mains nues avant de lui confier ma subsistance future. Elle me console de mes illusions perdues, me réconcilie avec mon espèce et, un jour, elle me fera un linceul moelleux et chaud, généreux.

Toi, tu dois être en train d'écouter quelqu'un parler de son travail, je t'imagine hocher la tête, ton téléphone posé entre vous pour enregistrer son débit hésitant ponctué de *voilà* et pouvoir te le rejouer ad libitum, de retour devant ton ordinateur. Tu apprends, comme tu dis – cette fois encore sans complément d'objet : *J'apprends, chaque jour, j'ai besoin de ça.* T'intéresserait-il d'apprendre que les pommes de terre poussent dans ce qu'on appelle des buttes, sous les feuillages fleuris, et que c'est toi qui les ériges ? Tu construis une cabane aux tubercules, tu leur offres le gîte en échange du couvert. Pour butter, il faut nettoyer la terre et la tirer sous les feuilles des différents pieds, créant des tertres et des sillons dont les reliefs, au fil des semaines et des binages, seront de plus en plus prononcés. Nettoyer la terre signifie en ôter les adventices mais ce verbe ne convient pas ; un terme capillaire, *éclaircir*, serait moins offensant, appliqué à toute cette vie qui, envers et contre tout, reste chevillée au sol.

Regarde, ça, c'est du gaillet gratteron. Que tu l'arraches ou l'effleures simplement, il crache ses minuscules fleurs blanches, tu les vois qui sautent tous azimuts pour une dissémination ultime. Il se répand dans les cultures maraîchères et peut en réduire l'épanouissement des deux tiers. C'est pourquoi tu n'as d'autre choix que de le sacrifier, pour permettre à tes protégés de vivre, et tu lui demandes pardon en l'arrachant au sol qui est le sien plus encore que le tien, mais il t'envoie ses akènes au visage, les fiche dans tes cheveux, tes vêtements, dans la terre grasse, fertile et ouverte, il n'en a rien à foutre de tes excuses, de tes pommes de terre. Il a raison et toi aussi.

*Oh pardon, bébé*, dis-je à un ver de terre que j'ai failli écorcher, puis je vérifie que mes voisins ne sont pas à leur fenêtre, pour preuve que je n'en ai pas totalement fini avec le regard des autres – *À qui parle Jenny ?* se demanderaient-ils. *Ève serait-elle revenue ?*

Les lombrics souffrent que l'on jardine. Soudain, je pense à Catherine, à ce qu'elle m'a rapporté au sujet des jaïns, aussi je raconte maintenant ma rencontre avec Catherine aux pissenlits que je déterre en prenant garde à ne pas sectionner leurs radicelles, comme s'ils préféraient mourir entiers. Je leur parle à voix basse pour éviter d'attirer l'attention des voisins.

Catherine est le genre d'autrice qui habituellement ne perçoit pas mon spectre lumineux dans les salons du livre : elle est haut de gamme. Ses semblables ne se mêlent pas aux petites gens telles que moi, en général, ils se reconnaissent entre eux, ils ont une manière de se serrer dans les bras comme s'ils portaient des manteaux trop épais ou qu'ils assistaient présentement aux obsèques d'un des leurs ; ils ne se demandent pas *Ça va ?* mais *Comment vas-tu ?* les lèvres en avant, on pourrait y glisser une paille. Ces étoiles du firmament littéraire ont toujours tout lu, encensent et immolent, parlent d'écrivains dont je n'ai jamais entendu le nom comme de légendes, d'imposteurs ou d'amis, font allusion à des polémiques de haute voltige dans lesquelles je ne pourrais imaginer me positionner, citent des articles de revues littéraires, rient à l'évocation d'éditeurs et d'éditrices que je ne connais pas, lâchent parfois incidemment leur dernier chiffre de ventes, évoquent leur dernier contact avec le cinéma, le dernier critique qui leur a rendu hommage ou fait sacrilège. Exhibent leur stature. Moi, je mange des carottes râpées avec le reste du menu fretin, des auteurs qui ne pardonnent pas aux best-sellers de fleurir dans les Relay ou en tête de gondole dans les supermarchés culturels, comme s'ils leur enlevaient quelque chose, et je les écoute en silence, me ressers tant qu'il reste du vin. Quand il n'y en a plus, je vais en chercher, ça m'occupe. Mais Catherine n'est pas des gradées littéraires qui ne fraient pas avec l'obscur et, un soir, elle s'est aventurée longuement à l'orée de ma pénombre. *Un peu*, dis-je à un pissenlit récalcitrant, *comme si une fleur considérée comme noble, disons une orchidée, venait pousser parmi vous, les supposées mauvaises herbes, tu vois ?*

Je m'étais fait des amis parmi les bénévoles du festival, certains avec lesquels je corresponds encore aujourd'hui et, ce soir-là, nous avons regardé Catherine danser, hypnotisés. *Elle doit faire de la danse africaine*, a suggéré l'amie musicienne qui m'accompagnait. Quelqu'un m'avait dit qui était Catherine, je n'en savais rien, je ne sais jamais à quoi ressemblent les célébrités parce que mon seul lien avec l'actualité repose sur quelques magazines anglo-saxons spécialisés dans les musiques expérimentales – ce qui horrifiait l'Évaporée. Plus tard, Catherine est venue à moi. Elle m'a parlé de la lecture que j'avais donnée avec mon amie, cet après-midi-là. Je ne savais pas qu'elle y avait assisté. Elle avait été saisie par la violence destructrice de mes amours, que j'y égrenais sans pudeur, décrivant jusqu'à l'aspect de mes scarifications juste après le passage de la lame,

*Au début, on dirait une petite bouche sur mon bras*
*une bouche de poisson déchirée par un hameçon*
*et qui se gargariserait d'un sang lumineux*
*Entre mes pieds dans le bac de douche*
*l'eau est rouge comme une mer biblique*
*Quand la peau se reconstitue et que la plaie se referme*
*elle ressemble plutôt à un œil – mon premier œil artificiel*
*Un jour, j'en aurai d'autres, sur les bras, des yeux*
*figés des yeux de poisson mort*
*Sur la tempe, on croirait une ride précoce*
*les tempes n'ouvrent pas la bouche tout grand*
*sous la lame, non plus que le ventre –*
*le ventre évoque plutôt une table de classe*
*après que l'on y a gravé sa détresse adolescente.*

J'ai objecté qu'il y avait un peu de lumière à la fin de ce texte ; Catherine n'avait pas l'air convaincue. Je lui ai demandé où elle avait appris à danser et elle a ri parce qu'elle n'avait jamais appris, ça venait comme ça et elle a semblé surprise d'apprendre qu'elle avait impressionné tout le monde, de ce côté de la piste de danse.

Je me suis épanchée auprès d'elle : la femme que j'aimais m'avait quittée – une multi-instrumentiste rencontrée à New York l'année précédente alors que je suivais une compositrice à qui je souhaitais consacrer un livre et pour qui elle-même travaillait. La rupture datait de deux mois et Catherine était la première femme qui m'émouvait assez pour me laisser rêver d'une vie après ma musicienne.

Elle n'était pas tout à fait exempte de vanité. Elle portait une veste assortie au bleu immense de ses yeux. Et, le lendemain, quand je lui avouerais avoir assisté à la lecture de son dernier album pour enfants, elle me dirait, *Si j'avais su que tu étais là, j'aurais été pétrifiée, je devais avoir l'air d'une mamie*. Pourtant elle ajouterait, en tapotant mes joues et mes épaules du bout des doigts comme si elle jouait aux billes, qu'elle vivait avec un homme en ce moment et que. Je ne lui avais rien demandé, je lui avais simplement dit qu'avec elle, j'avais un temps oublié l'Américaine qui m'avait quittée par mail depuis son appartement du New Jersey.

Nous avons passé l'essentiel du bal littéraire à parler de végétalisme. Catherine était intriguée par la puissance tranquille de ce que l'on pourrait appeler mon antispécisme, quoique je n'aime pas ce mot, ce type de mots ; je l'emploie quand je n'ai pas le courage de recourir à des périphrases mais je préfère dire plus simplement qu'un animal ou un insecte ne valent pas moins à mes yeux qu'un être humain et, ce disant, je n'adhère à aucun dogme mais ne fais qu'exprimer une sensibilité. Catherine m'a parlé d'un documentaire sur le jaïnisme qui l'avait marquée, m'a décrit ces bouddhistes qui balaient doucement devant eux en marchant pour ne pas blesser d'insectes. J'étais admirative de ces gens, un peu ivre et j'avais très envie d'embrasser Catherine. Elle s'excusait presque d'être assez traditionnelle pour vivre avec un homme. Je la rassurais : *Tu me montres que je peux encore – que je peux de nouveau être émue par d'autres femmes, c'est inestimable, je n'attends rien de plus. Merci.*

Moins d'un mois plus tard, lorsque je rencontrerais Ève, je serais si pleinement prête et disponible que je mépriserais tous les motifs de crainte que l'exposé de sa vie complexe et tourmentée aurait pu susciter, assurée que nous aurions tout le temps nécessaire pour nous en débrouiller, nous lécher mutuellement les plaies, cicatriser ensemble, heureuses comme deux petits mammifères qui ne possèdent rien sinon eux-mêmes et c'est bien assez.

Aujourd'hui, dans l'ère post-Ève qui s'esquisse devant moi, en attendant d'être de nouveau émue, je dépose les lombrics en terre de paix, là où les fleurs mellifères commencent à s'étirer sous les filets de protection, et je demande pardon aux pissenlits qui s'entassent sur les dalles de ciment, à l'extérieur du potager. Je me sens néfaste. Néfaste et inutile, moi qui ne suis même plus aimée.

## Ève

Elle m'a offert à boire après avoir réparé le vélo. Les mains tachées de la graisse noire de la chaîne, qu'elle a savonnées longtemps dans l'évier de la cuisine. Le mari était absent, j'étais venue à l'improviste et avais trouvé porte close. J'ai posé sur la table de leur cuisine l'ouvrage que j'avais emprunté. Elle a souri en s'approchant de moi, s'essuyant vigoureusement les mains sur un torchon d'un blanc immaculé. C'était *Belle du Seigneur*, qu'il avait apporté en classe après que nous avions philosophé puis disserté sur *les limites poreuses entre passion et folie* durant plusieurs semaines. Il disait souvent que la littérature nous en apprend bien plus sur l'âme humaine que les grands philosophes. J'avais levé le doigt la première lorsqu'il avait demandé qui voudrait le lire. Je l'avais emporté avant la fin de l'année scolaire et gardé tout l'été, délibérément : je cherchais un moyen de rencontrer chez lui le prof de philo qui alimentait les causeries de plusieurs filles de ma classe de terminale. Si l'une d'entre nous pouvait le conquérir ce serait moi, je l'avais décidé. J'étais la plus délurée, la plus assurée avec les hommes. Je savais où il habitait, nous étions voisins, à trente numéros près sur le boulevard Saint-Jacques. C'était devenu un jeu de le suivre à distance, mine de rien, après les cours. Les noms étaient écrits sur l'interphone en lettres imprimées. Personne ne m'avait répondu, j'étais remontée sur mon vélo dépitée, avais baissé plusieurs vitesses trop brutalement avant de démarrer et déraillé au deuxième coup de pédale, râlé de dépit, allongé le vélo en travers du trottoir.

Alors Fred était apparue, enfin d'abord ses bottes, ses jambes, et puis sa voix : *Tu veux un coup de main ?* J'avais levé les yeux, effarée, reconnaissant son timbre grave, légèrement voilé. *Ah mais on se connaît !* s'était-elle exclamée, souriante.

Elle n'a pas relevé ma mine bafouillante, ni mes explications sur le livre gardé depuis trois mois, que j'aurais pu déposer à la loge du lycée même si je n'y étais plus élève, depuis mon entrée toute fraîche à l'université.

Elle a replacé la chaîne du vélo en quelques gestes, puis m'a proposé de monter pour me désaltérer, parce que j'étais en nage. C'était l'été indien et Paris suffoquait en cette fin septembre plus chaude qu'un mois d'août. Je n'ai pas su dire non, n'y ai même pas pensé. Il y avait quelque chose de très simple et fluide dans sa façon de vous accueillir dans sa vie.

Nous nous étions croisées à différentes reprises, l'année précédente, notamment au lycée où elle était venue nous parler de son métier, sur l'invitation de notre conseillère d'orientation. Journaliste-reporter, pour un grand quotidien. Ça en imposait. Nous chuchotions, nerveuses (la classe était composée quasi totalement de filles, comme la plupart du temps dans les cursus littéraires) nous passant l'information que c'était bien elle, la femme du prof de philo. Nous étions surprises : nous l'avions longuement imaginé en couple avec une intellectuelle éthérée, qui lirait du Kafka et aurait le regard mélancolique d'une Dame aux camélias. Pas avec une professionnelle des médias de cinq ans son aînée, au menton impérieux, au port de tête altier, à la voix rocailleuse, fumant comme un pompier. Fred avait toujours une clope au coin des lèvres ou entre les doigts. C'est elle qui m'a offert ma première cigarette, ce jour-là dans sa cuisine, sans même y penser, d'un geste désinvolte. Je l'ai acceptée sans oser préciser que je n'avais encore jamais tiré une seule taffe de ma vie. La tête m'a tourné et j'ai un peu toussé, honteuse, elle m'a tendu un verre de citronnade, me regardant rougir, sans se moquer de moi. Je n'ai jamais réussi à arrêter, depuis.

En partant de chez eux j'avais au creux de la bouche ce goût mêlé, acide et âpre, de citron et de fumée. Parfaitement incapable de me souvenir de quoi on avait pu parler. J'étais restée une heure, elle m'avait proposé de lire un autre livre. *Thérèse et Isabelle*. « Parce que l'amour s'écrit de multiples façons. » Cette phrase, je m'en souviens parce qu'elle apparaît en exergue du livre qui m'a volé ma vie de jeune femme amoureuse, une part de mon passé, mon histoire familiale – ou le peu que j'en ai. Le livre qu'elle a écrit et qui fut publié quatre ans après l'eau citronnée, le torchon blanc et la cigarette dans sa cuisine.

Les deux années suivantes j'ai lu beaucoup de livres, prêtés ou offerts par elle. Les titres s'égrenaient comme un subtil sous-texte de ce qui allait nous lier. À Violette Leduc, *Thérèse et Isabelle*, ont succédé *Chéri* de Colette et *Le pur et l'Impur*, puis le premier roman de Simone de Beauvoir, *L'Invitée*. Quelque chose se tissait, en mots et sensations. Mais de manière tacite. Car nous parlions peu des livres qu'elle me faisait lire. Ils étaient trop intimes dans leurs évocations pour être disséqués de manière anodine lors d'une conversation. Je les lui rapportais, on parlait d'autre chose (son métier, mes amies, la fac où j'étudiais) et un autre suivait, déposé sur la table d'un geste nonchalant : *Celui-là va te plaire*. Elle m'offrait ensuite une orangeade, ou un verre de vin si j'étais venue tard. Lui se joignait parfois à nos échanges, même s'il n'était plus le pôle d'attraction qui guidait mes pas vers leur immeuble. Il était plus secret, plus réservé que Fred. Mais il me relisait quand j'écrivais un texte, cherchait des références pour mes dissertations, j'ai été deux années major de promotion puis j'ai tenté le concours d'école de journalisme, où j'ai été reçue.

Les amies de la fac qui ne les connaissaient pas ne comprenaient pas bien pourquoi j'étais si liée à un couple qui avait le double de mon âge. Puis elles ont rencontré Fred, qui est venue sans lui à mon anniversaire, le jour de mes vingt ans. Ce soir-là, j'ai été piquée de quelque chose qui ressemblait à de la jalousie devant le petit cercle qui s'est formé autour d'elle, moins d'une heure après son arrivée dans le bar où avait lieu la fête. Je l'ai vue se lier avec aisance, répondre avec humour, sa voix grave sondait les jeunes femmes autour d'elle, et elle se révélait sous un jour inconnu à mes yeux jusque-là. Fred plaisait à mes amies, c'était une évidence. Un des garçons m'a même glissé à l'oreille qu'elle était *bien gaulée pour une quadra, ta pote*. Elle portait simplement l'habituelle chemise blanche, un jean brut bleu foncé, et ses bottes de moto. Mais elle était bien plus réelle et fascinante que toutes les étudiantes rassemblées, avec leurs cheveux longs et leur petite robe noire. Elle est restée très tard, a dansé avec nous. Quand le bar, Le Merle Moqueur, en haut de la Butte-aux-Cailles, a fermé, elle m'a raccompagnée tout naturellement, puisque nous habitions sur le même boulevard en contrebas. L'alcool chauffait mes tempes, au Merle nous avions bu des shots de rhum arrangé, cannelle, pomme, passion, gorgées sucrées mais traîtres. Tandis que nous marchions, j'ai glissé ma main dans la sienne, sur une impulsion. Je l'ai sentie hésiter, puis elle a enlacé ses doigts aux miens. Nos mots sont restés anodins, nous riions, parlions de la soirée qui venait de finir, elle disait *Je me lève tôt demain, le réveil sera rude*. Arrivée devant chez moi, je savais qu'il lui restait une centaine de mètres pour parvenir chez elle, alors j'ai fait cette chose, qui sert d'ouverture à son roman-récit : sa main que je tenais, je l'ai attirée à moi, et je l'ai embrassée. Voyant ses yeux mincir en deux fentes profondes sur ses iris foncés, je me suis rapprochée d'elle, jusqu'à frôler sa bouche de ma joue, de mes lèvres ensuite. Je n'avais encore jamais embrassé une femme, même si j'avais couché avec plus d'hommes que je n'en pouvais compter. Ce baiser-là m'a surprise. Il avait quelque chose que les baisers n'avaient plus, déjà, à cette époque. Le goût d'une émotion.

C'est moi qui l'ai voulue, c'est moi qui l'ai cherchée. Moi qui l'ai embrassée, moi qui lui ai écrit plus tard, cette nuit-là, que j'avais envie d'elle. Personne d'autre à blâmer que ce moi de vingt ans.

## Jenny

Je hausse les épaules : pourquoi pas ? *Pourquoi pas* est une raison très tiède pour entreprendre quoi que ce soit mais je serais curieuse de savoir ce qui a fait remonter à ma mémoire ce petit texte, précisément aujourd'hui.

prenons par exemple la femme au bonnet –
elle a les cheveux courts, un bonnet dessus
des pompes de marche un sac à dos de style
beige et va quelque part d'un pas décidé
accompagnée d'un très jeune et grand chien blanc
qu'elle ne tient pas attaché par le cou car
c'est son ami et non sa possession – elle
se rend quelque part le matin avec son
ami elle est un peu comme moi dans le sens
où je suis souvent moi aussi en train de
me rendre quelque part sans autre alibi
nécessité ni but que de maintenir
le perpétuel mouvement dans les hanches
et la curiosité qui n'épargne aucun
interstice du paysage ordinaire

parfois je me demande où vont la femme et
le chien blanc – sans doute plus loin que le cow-boy
qui marche avec radio et lampe de poche
auprès de son vieil ami berger allemand –
peut-être jusqu'à Hénin-Beaumont ou même
jusqu'à Dourges avec ce sac à dos – mais la
question restera sans doute sans réponse
puisque le monde des deux amis femme et
chien se situe près de trois heures après le
mien et c'est bien par un accident très peu
susceptible de se reproduire qu'un
jour j'ai pu échanger avec eux quelques
mots vite emportés par la brise d'été

Je rentre tout juste de ma course à pied, il est 7 h 30, je n'ai pas le temps de me poser davantage de questions. Je prends une douche rapide, enfile des vêtements qui me ressemblent sans me soucier qu'ils me mettent en valeur – après tout, si je devais lui plaire, autant que ce soit pour ce que je suis. *I love herbivores*, c'est très bien, autant s'annoncer clairement. De la terre sous les ongles, de fines croûtes sur les chevilles, là où les ronces m'ont lacérée pendant une course nocturne dans les bois, des bleus sur les genoux comme les enfants. Voilà qui je suis. Je ne m'en excuserai pas – plus jamais.

Je glisse le carnet dans la poche de ma veste et me dirige vers l'ancienne voie ferrée. Nous sommes dimanche et je serai sur place à l'heure où je l'ai croisée l'été dernier. Je mise sur sa régularité, dont le chien me semble un bon garant.

Marcher m'est pénible. J'emprunte le plus souvent cette route avec la pulsation hypnotique d'une foulée vive et légère, presque aérienne, et voilà que j'y marche entravée de vêtements civils, de chaussures à l'amorti nul et d'un sac à dos. Le vélo n'aurait pas convenu, il aurait gêné la fluidité du mouvement. Si je la vois, il faudra que notre interaction se déroule à la manière d'une chorégraphie miniature dont je maîtriserai les pas aisément, c'est pourquoi le carnet se trouve dans ma poche et non dans mon sac. Pense à *Drum Crazy,* je me dis, la scène d'ouverture d'*Easter Parade* où tout devient un jeu sous les pieds et les mains de Fred Astaire, sous sa tête même, les objets se succédant entre ses doigts sans qu'il semble en passer par la préhension mais par la seule grâce d'un élégant magnétisme. Je me remémore divers passages de la prouesse en technicolor. Enfin, me dis-je, essaie au moins de ne pas trébucher.

On accède au chemin par un escalier car les anciens cavaliers, voies ferrées qui reliaient autrefois les divers sites miniers, sont le plus souvent surélevés ; ils constituent aujourd'hui des espèces de talus étroits qui serpentent à perte de vue. Presque des digues ou des levées qui scarifient le paysage. Sur d'autres cavaliers, on trouve encore des traces de l'activité minière, traverses vermoulues, blocs de béton érodés, effrités, granuleux, pièces d'acier rouillées à moitié ensevelies dans la terre schisteuse. Rien de tout cela ici mais, à perte de vue sur le ruban asphalté craqué par les racines, des arbres formant tonnelle, chênes, frênes et aubépines aux formes tortueuses, les troncs tordus couverts de mousse, de clématite et de lierre, les branches mêlées de lianes, cerisiers et pommiers lourds de fruits que l'on peut cueillir, essuyer sur sa manche et croquer en marchant. C'est un monde parallèle où, la nuit, des fêtes sauvages voient le bitume qui a remplacé les rails se cloquer de nouveaux véhicules et détritus carbonisés, dont l'enlèvement tardera et qui laisseront au sol d'indélébiles stigmates noir et blanc pustuleux. Les usagers diurnes semblent ne pas remarquer ces papules fuligineuses – pas davantage que de simples débris végétaux.

J'avance vers le point précis du chemin et du vaste monde où j'ai un jour pris acte de son existence, moins d'un kilomètre au sud-est. Des lapins et des écureuils s'écartent à mon approche, des batailles d'oiseaux se déroulent au-dessus de moi, invisibles dans la dense frondaison. Je me repère aux sites que surplombe le chemin – d'abord un cimetière à gauche puis un terrain de sport à droite puis un bois (c'était là) puis un centre technique de la SNCF. C'est à proximité de celui-ci que je l'ai revue quand je faisais découvrir les lieux à mes amies.

Ce matin, le chien bondit autour de moi un peu avant que j'atteigne le site ferroviaire et je ris. Je semble rire avec lui par complicité alors qu'en vérité, c'est de voir mes prévisions se réaliser que je ris, comme si j'étais extralucide et que cette troisième rencontre (bon chiffre), ainsi auréolée de magie, se devait d'être importante. *Oslo*, appelle la femme, qui ne porte pas de bonnet aujourd'hui.

Ses yeux ne s'accrochent pas aux miens. Elle me salue, comme le font la plupart ici, aussi bien les familles à sept enfants et deux chiens que les couples de personnes âgées ou les grappes de marcheuses nordiques à la voix haut perchée ; ça ne signifie rien, d'ailleurs le ton de sa voix est juste poli. Je devrais poursuivre ma route, en plaisanter par-devers moi et me trouver un nouvel objet de fantasme pour tromper le manque, mais c'est trop tard car je procède ici de la même manière que quand je saute dans un lac, une mer, une rivière : sans tâtonner, pour m'empêcher de tergiverser. En toutes choses, disait l'Évaporée, je suis une petite brute.

– Vous ne vous souvenez pas de moi, sans doute, dis-je (pensant, *Peu de femmes ont des tatouages et le crâne rasé, par ici, je suis plutôt facile à repérer*). Nous nous sommes croisées ici même, l'été dernier, je

– Oslo, doucement.

Je remarque soudain que le chien continue de sauter autour de moi et j'émets un rire de circonstance, un rire de type *Laissez, ce n'est rien*, tel qu'on pourrait l'adresser à la mère d'un enfant qui vient de casser un objet de famille, avant d'aller pleurer aux toilettes en se promettant de ne plus jamais les inviter. Je ne sais plus ce que je dis, j'espère ne pas trop dévier du mot d'introduction que j'ai répété dans ma tête en chemin.

– Désolée, dit-elle, j'ai une très mauvaise mémoire des visages.

– Pas de problème, je m'esclaffe. Et en vous voyant, à l'instant, je me suis rappelé

– Oslo, non. Ici. Tu attends.

– ce poème – attendez, je dois l'avoir ici.

Je le trouve rapidement bien que mes mains tremblent à un point grotesque, détache la feuille, trouve le stylo prévu dans la même poche de la veste.

– Vous n'allez pas le lire devant moi mais n'hésitez pas à m'envoyer un mail pour me faire part de vos remarques, ça m'amuserait beaucoup.

Je lui tends le poème signé de mon adresse mail, elle le prend sans commentaire, ensuite de quoi nous nous souhaitons une bonne journée puis reprenons notre marche, dos à dos. Tout cela n'a duré que quelques secondes. Je quitte le chemin à la première occasion et rentre par les rues elliptiques de la cité des cheminots. J'arrive tout juste devant chez moi quand je reçois une notification de mail. L'adresse de l'expéditeur est delodelair@yahoo.fr.

Rebonjour
Nous avons bien ri ! Je ne vais jamais très loin, en fait, le sac à dos c'est pour ne pas porter le pain au retour de la boulangerie, j'ai assez à gérer avec Oslo !
Ma compagne a reconnu votre nom et m'a rappelé qu'on avait un de vos livres !!! Elle l'a retrouvé, c'est Ils partent tous en août. Je vais le lire ! C'est Élo qui l'a lu, à l'époque. Élo est le nom de ma compagne, moi c'est Delphine, d'où Delo, Del+Élo et comme on vit à Avion, ça donne delodelair ! Très littéraire, non ?!

Si ça vous dit, nous serions ravies de vous recevoir à la maison pour boire un verre, un de ces soirs. Oslo est plus sage à la maison que dans la nature ;)
Belle journée à vous,
Del

## Ève

*Éva me regardait de cet air conquérant, gourmand et audacieux que je lui avais vu, souvent, avec des hommes. La lueur diffuse d'un réverbère tardif dessinait les contours de son corps dans la nuit, et elle était ainsi presque aussi grande que moi, sur ses talons hauts de vamp de vingt ans. Elle a souri et a posé d'autorité sa bouche sur mes lèvres, sa main guidant la mienne jusque derrière son dos à la cassure des reins, afin que je l'enlace. Tout aussi soudainement elle s'est reculée, a composé le code d'entrée de son immeuble et puis a disparu sans même dire bonne nuit. J'ai vu que s'allumait la lumière à sa fenêtre, une chambre d'étudiante au sixième étage, après quelques minutes, le temps que lui avait pris la grimpée d'escaliers – elle avait de bonnes jambes, le souffle de la jeunesse. Je suis rentrée chez moi, ne sachant que penser de son élan subit. Qu'avait-elle voulu ainsi me signifier, m'embrassant comme un des jeunes gens de la soirée, qui s'étaient galochés par jeu, sans conséquence ? Chacun et chacune était rentré chez soi et le vaudeville avait pris fin en même temps que la fête et tous leurs jeux à boire. « Un shot et un baiser ! » Sans doute dans leur monde s'embrasser n'avait pas beaucoup plus d'importance qu'une gorgée d'alcool, liquoreuse et sucrée.*

*Plus tard dans la nuit, l'écran de mon téléphone s'est éclairé des mots qu'elle venait de m'écrire : « J'ai très envie de toi. » Les dés étaient lancés. Elle jouait comme si l'issue était certaine, sûre de son double six. Et la vie lui donnait comme autant de cadeaux tout ce qu'elle désirait. « Enfant gâtée » j'ai dit, lorsqu'elle m'a boudée parce que j'avais mis trois jours à lui répondre. Une jeune lionne, impétueuse, exigeante, dont la devise eût pu être « je veux, j'obtiens ». Elle en avait aussi le panache, l'assurance. Éva venait de faire intrusion dans ma vie.*

Oh comme j'ai détesté lire ces premières lignes, à l'époque. Elles sont restées gravées en moi, je m'en suis souvenue des années durant, comme ces poèmes d'enfance qu'on peut se remémorer jusqu'en maison de retraite. C'est dans cette période-là que j'ai découvert toute l'étendue de cette malédiction de mon cerveau, véritable atout dans mon travail : la mémoire photographique. Je n'ai pu lire davantage que cet incipit plusieurs jours après la parution mais je n'ai pu en oublier une phrase, à la virgule près. Ces phrases restent liées au choc de la rupture, et de cette trahison. Jamais elle n'avait dit qu'elle écrivait sur moi. Sur notre relation secrète, inavouée.

Lorsque j'ai lu ces lignes pour la première fois, Fred avait disparu depuis des mois déjà. Et ce fut une torture. Rien ne m'avait préparée à voir ce nom en couverture d'un livre, en devanture même, avenue Denfert-Rochereau. Pas son nom officiel, le scandale eût été bien trop assourdissant. Mais son nom d'amoureuse, qui n'était qu'à nous deux, que j'avais inventé : *ma guerrière*, en déplaçant le *e*, devenait Mae Guerrier. À cause de ce *e* qu'elle avait décalé, j'aurais pu tout à fait passer devant sans rien remarquer, sans que mon regard n'accroche la couverture du livre. Mais le titre, *L'Amante*, était le pseudonyme qu'elle m'avait donné. *Oh, l'Amante est fâchée*, disait-elle tendrement si je m'assombrissais quand on se séparait le soir sur son palier. Ou : *L'Amante me manque*, qui pouvait s'afficher quelques heures plus tard sur l'écran de mon téléphone, au milieu de la nuit, lorsqu'elle s'éclipsait un instant du lit conjugal, s'enfermant aux toilettes juste le temps d'écrire un message auquel je ne devais pas répondre, pour ne pas que s'illumine l'écran du téléphone une fois reposé sur la table de chevet. Ne jamais éveiller les soupçons du mari.

Ce nom, donc, et ce titre.

Mae Guerrier

*L'Amante*

Qui m'ont fait trébucher devant la vitrine de la librairie où j'allais regarder parfois les nouveautés. Une double trahison : ne jamais m'avoir dit qu'elle écrivait un livre, et le signer du nom secret que je lui avais donné.

Pire fut de découvrir qu'elle y parlait de moi. Sa version de l'histoire, et ce portrait tronqué. La jeune femme assurée, croqueuse d'hommes, désinvolte. La fougue, oui, je l'avais, mais qu'a-t-elle su des heures de supplice éveillé, guettant mon téléphone, l'attente de sa réponse qui ne venait pas. Qu'a-t-elle su de mes larmes, et de mon obsession. Qu'a-t-elle su de l'espoir qui m'a saisie aux tripes lorsque trois jours après, elle m'a enfin appelée pour une promenade au parc. Qu'a-t-elle su ensuite de mon incapacité, des années durant, à y retourner sans me remémorer chaque moment avec elle le long de ces allées arborées, l'odeur de l'herbe humide et de la terre fraîche, qui me ramènent toujours à cet instant où elle est venue frôler ma main, comme si de rien n'était.

Nous étions assises sur la pelouse en pente, trois jours après cette nuit où je l'avais embrassée. C'était un samedi, un matin de juillet, le parc était désert, Fred matinale. Elle aimait les promenades quand la ville dort encore. Un thermos de café qu'elle avait préparé et m'a servi brûlant, dans une tasse en métal. Nous le buvions pareil, allongé et sans sucre. Je me rappelle encore cette amertume chaude sur mes lèvres anxieuses. J'avais du mal à suivre notre conversation, anodine en surface. Elle m'a dit : *Tu boudes.* Mais comment a-t-elle pu imaginer cela. J'étais transie de peur qu'elle ne veuille m'annoncer qu'on ne se verrait plus, que j'allais bien trop loin, que mes attentes étaient pour le moins déplacées, contre-nature même.

Mais non, rien de cela, elle était calmement, paisiblement venue cueillir les fruits de mon attente insupportable. Quand ses doigts ont frôlé comme par inadvertance ma main posée sur l'herbe, j'ai fait un infarctus mais ça ne s'est pas vu. J'ai juste continué à la laisser parler, un sourire factice accroché sur ma bouche, pour qu'elle sache que non, mais non, je ne boudais pas, et j'entendais mon cœur envahir tout l'espace, martelant mes tympans de coups assourdissants. Comment n'a-t-elle pas pu percevoir l'ampleur du trouble qui m'engloutissait toute ?

Pour une seule histoire, deux versions différentes. Comme si nous avions deux scripts inversés sur les émotions d'un même personnage, le mien en l'occurrence. Un scénario où les signifiants (tel geste, tel silence, tel moment partagé) portaient à double sens, systématiquement. C'est que la sémiologie n'est pas une science exacte, j'ai retenu cela de ma deuxième année de fac. La science des signes dépend de variables qui créent autant de biais à l'interprétation.

Prenez un signifiant, le premier de l'histoire, cette phrase très simple, mon « J'ai envie de toi ». Lu à l'impératif, elle l'a vu comme la preuve que je ne doutais pas qu'elle réponde au désir exprimé sans détour. Je ne sais quels paramètres ont guidé sa lecture, sont venus indiquer que le sens, c'est par là. L'idée qu'elle se faisait de toute ma personne, me voyant en surface, comme en deux dimensions ?

Il devait manquer à sa perception le champ de profondeur qui met en perspective et redonne les volumes, les proportions exactes de la scène qui se joue. Ce « J'ai envie de toi », ces quatre mots étaient, dans tout leur dénuement, l'absence de périphrase, d'adverbes et d'arabesques, une bouteille à la mer. Un geste-désespoir, une incapacité à jouer plus longtemps un jeu de séduction qui m'aurait mis les nerfs à bien trop rude épreuve. Le sous-texte à deviner c'était évidemment : *Je t'en prie, réponds-moi. Je suffoque depuis que j'ai frôlé ta main, ai enlacé tes doigts, ai goûté à tes lèvres. Rends-moi de l'oxygène. Dis-moi que toi aussi, tu as envie de moi.*

Depuis que j'ai lu l'incipit de ce livre, je sais qu'il est possible de vivre une même histoire en deux narrations totalement différentes. Et que l'expérience de chaque être en ce monde est une solitude vraiment irrémédiable.

## Jenny

Pour tenir l'ennui à distance, j'imagine que mes amies nous regardent et commentent la scène ; je tâche de nous voir avec leurs yeux et de trouver le moment plus amusant que morose. D'ailleurs ça pourrait être pire, mes hôtesses pourraient mettre de la musique et j'imagine d'ici ce que ce serait – des trucs qui passent à la télé. Élo va chercher la bouteille que j'ai apportée, maintenant qu'elle a décanté tandis que nous avalions un bordeaux de supermarché (*On a pris ça, on n'y connaît rien*) et, au passage, pose la main sur l'épaule de Del : pour me rappeler qu'elle est sa possession ? Je m'en agace fugacement mais une immense tristesse me submerge aussitôt, avec la conscience de ma mauvaise foi. Moi aussi, je flattais l'épaule de l'Évaporée quand je passais derrière elle pour resservir nos invités, je me penchais sur elle pour embrasser ses cheveux, son cou, sa tempe, et quand j'étais assise auprès d'elle, nous n'avions pas besoin de nous regarder, nos mains parcouraient les quelques centimètres qui les séparaient, se tâtaient, s'accrochaient l'une à l'autre et se posaient doucement sur la cuisse la plus proche, la sienne ou la mienne peu importe. Je suis aigrie, voilà tout.

*Tu es dégoûtée qu'elle ait une petite amie ?* m'a demandé Zia après que j'ai reçu le mail exclamatoire de Del. *Non*, ai-je répondu, *de toute façon je ne pourrais pas avoir une relation avec quelqu'un qui met des points d'exclamation partout.* Zia s'est emportée, *Enfin, Jenny, tu t'entends ? Des points d'exclamation, qu'est-ce que ça peut faire ?* J'ai répondu que le point d'exclamation dénotait un mode de vie qui n'était pas le mien. *Ève m'aimait telle que je suis, avec mes exigences, mes luttes et sans point d'exclamation,* j'ai conclu : *quand je te dis qu'elle était parfaite pour moi.* Mais bien entendu, Zia m'a fait remarquer que si vraiment elle l'était, elle serait là, auprès de moi.

Une semaine après cette discussion, je m'aperçois que je suis en effet amère, dans un sens. Je suis jalouse de ce couple parce que j'aimerais tenir la main de ma fiancée dans la mienne et que nous soyons mièvres comme nous assumions pleinement de l'être et en plaisantions volontiers, j'aimerais que nous soyons deux couples également épanouis autour de cette table, ce dimanche midi, alors je trouverais désopilantes les anecdotes de camping, touchante la manière dont Élo a dessiné une tête de chat avec les bâtons de carotte et de céleri, les radis, les pistaches et les lamelles de fenouil et nous pourrions toutes quatre rire de ce bordeaux vraiment très mauvais plutôt que d'en éprouver de l'embarras.

Del et moi regardons Élo passer la baie vitrée, disparaître dans la maison, puis nos têtes reprennent leur axe naturel de part et d'autre du parasol et nos regards se croisent. Nous échangeons un sourire timide.

– Vous n'avez qu'une boîte mail pour deux ? je demande, et je regrette aussitôt cette question rhétorique, qui doit paraître goguenarde, méprisante ou réprobatrice.

– C'est tellement plus simple. Au bout de vingt ans, on a les mêmes amis et les familles ont fusionné. Ça évite de laisser passer une info par distraction – pas de risque, par exemple, qu'elle froisse son neveu parce que j'ai oublié de lui dire qu'il avait eu son permis et qu'elle n'a pas envoyé de message pour le féliciter.

Vingt ans, le permis du neveu, une boîte mail pour deux, la tête m'en tourne. Je suis l'invitée d'un couple hétérosexuel non mixte. Je ne sais pas si tout cela me déprime parce que je regrette une certaine idée de l'homosexualité sans doute très surannée, disons une forme de joyeuse décadence, ou si je suis juste amère de n'avoir jamais construit une relation assez longue pour que le permis d'un neveu par alliance présente un intérêt à mes yeux.

– Élo est très famille, tu sais.

Del jette un œil vers la maison, se penche vers moi et parle plus bas (elle a vraiment un charme fou, point d'exclamation).

– Les premiers temps, ses parents étaient toujours fourrés ici. Tu vois comment se présente la façade de la maison ? Ils avançaient sur les dalles dans le jardinet pour regarder par la fenêtre, je veux dire, plutôt que de frapper à la porte. Tu imagines deux têtes rentrées dans les épaules derrière un voilage ?

– Ils passaient à l'improviste ?

– Au début.

– Tu as mis les choses au point ?

– Pas eu besoin.

Elle rougit et j'éclate de rire.

– Je sortais de la douche, j'avais oublié de prendre une serviette et – bref, je me promène à poil chez moi si ça me chante, après tout. Et soudain, je tourne la tête et je vois ma belle-mère, la main en visière contre la fenêtre, les yeux écarquillés. Élo ne l'a jamais su.

– Pourquoi, ça ne l'amuserait pas ?

– C'est sa mère. On ne plaisante pas trop avec sa mère, tu vois.

– Non, je ne vois pas.

– Sa mère avait la clé de la maison, au cas où. Pourquoi pas ? Sauf que parfois, je rentrais du collège et les cadres avaient changé de place. Je lui disais, *C'est vous qui avez fait ça, Chantal ?* et, sans se démonter, elle disait, *Mais oui enfin, tu vois bien que c'est beaucoup mieux comme ça*. Quand elle partait, j'essayais d'en discuter avec Élo et tu sais ce qu'elle me demandait ?

– *Quoi, ça ne te plaît pas, cette nouvelle disposition ?*

– Tout juste.

– Et donc ?

– Donc ça restait comme ça.

– Qu'est-ce que vous complotez, toutes les deux ? s'amuse Élo en apportant la bouteille et une assiette de toasts. Désolée, ce n'est pas très présentable mais la texture de cette tartinade est trop pâteuse. Je l'ai prise spécialement pour toi, c'est 100 % végétal.

Je la remercie en essayant d'endiguer les larmes sous mes paupières, bouleversée par tant d'attention imméritée, affaiblie par le bordeaux, que j'ai bu trop vite pour pouvoir passer au languedoc. Son rire à nous trouver ainsi penchées l'une vers l'autre, sa compagne et moi, un rire libre de tout soupçon, me rappelle qu'Ève et moi n'avons pas su construire une telle confiance.

Comme si elle devinait mes réflexions, Élo fronce les sourcils et me demande si je souhaite parler de l'Évaporée. Je souris, dis *Peut-être une autre fois – elle me manque trop, là, je risquerais de, très vite, ne plus être présentable du tout, même si j'ai arrêté le mascara depuis plusieurs semaines pour éviter l'effet gothique*. Elles hochent la tête avec la même componction, comme si je ne venais pas de démontrer ma propension à l'autodérision. Je décide de prendre les choses en main et lance avec légèreté,

– Bon, Élo nous a offert quelques perles de ses journées à la pharmacie. Et toi, Del, si tu nous disais comment ça se passe au collège ?

– Ah non, ne la lance pas sur le sujet, pitié !

Je ris et attends que Del commence à parler, mais ce n'était pas une facétie de couple.

– C'est quoi, de l'aneth ? demande Del en regardant son toast croqué à moitié.

Je comprends que je n'entendrai pas parler du collège. Je mange quelques toasts, bois un verre de languedoc et bientôt je suis assez éméchée pour sortir *Des constrictions* de mon sac et leur tendre l'exemplaire sans me sentir vaniteuse, même si ma motivation l'est : elles ne doivent pas penser que mon travail ressemble à *Ils partent tous en août*, ce texte de jeunesse qu'elles ont lu et dans lequel je ne me reconnais plus, il faut qu'elles sachent de quoi je suis capable vingt ans plus tard. Je me lance même, avec suffisance, dans un commentaire de la couverture.

– Ce serpent n'a pas seulement pour vocation d'illustrer la constriction, il est étendu de tout son long comme une négation d'Ouroboros – qui est symbole de l'éternel retour, du temps cyclique, de l'autofécondation et, dans la philosophie hermétique, du Grand Œuvre. Le serpent étendu sur cette couverture comme pour mesurer la proie qu'il convoite semble au contraire condamner la possibilité d'une régénérescence en suggérant qu'il mènera sa victime à son destin, pointé du bout de sa langue fourchue.

J'espère que mes hôtesses ne sont pas du genre à écouter des interviews sur Internet : elles risqueraient d'entendre la même phrase, à la virgule près, dans plusieurs vidéos où seul mon t-shirt change et elles mesureraient ma médiocrité. Pour l'instant, Élo pousse des exclamations enthousiastes et tourne le livre entre ses mains. Une étrange expression éclaire son visage.

– Mais oui ! s'écrie-t-elle, et un instant elle me fixe d'un regard intense. Je me disais depuis tout à l'heure que je t'avais déjà vue quelque part et maintenant ça me revient.

Elle tend vers moi la photo en quatrième de couverture.

– Tu avais des cheveux, à l'époque. Exactement cette coupe-là.

– Montre, lui dit Del. Mais oui, tu as raison. C'était à la Maufacture.

La Maufacture est une ancienne usine reconvertie en lieu culturel, dans la grande ville où j'ai vécu plusieurs décennies : un équipement municipal déguisé en squat où le verre de vin coûte cinq euros. La mairie a choisi de conserver les vieux murs et l'aspect industriel du lieu, y compris son enseigne, la même depuis les années 1920 à ceci près que le *N* de MANUFACTURE en est tombé. J'ai toujours manifesté un grand dédain pour cette institution, mais les deux ou trois fois où elle m'a programmée, je me suis sentie pleine de gloire.

– C'était une lecture musicale, précise Del.

– Oh, celle-ci. Nous la donnons encore parfois, sauf que désormais je joue de mon crâne rasé. Je commence la lecture avec une perruque et je l'enlève quand j'arrive au paragraphe sur la religion, ça fait toujours son effet. Vous vous rappelez ce passage ?

– Tu m'étonnes, s'esclaffe Del en se tournant vers Élo : j'ai dû lui boucher les oreilles.

– Rien que d'y penser… dit celle-ci, et elle frémit.

Je ris, tant il paraît évident que le récit de ma révolte adolescente l'a heurtée.

*Je prends des distances avec la religion*
*et la bienséance*

*J'écris des textes dans lesquels de jeunes vierges*
*se masturbent avec des crucifix*
*Dans mes pages, elles y prennent plaisir*
*même si je suppose que ça leur fait mal aussi*

Parfois, j'oublie qu'avant cette prise de distance, il y avait un crucifix cloué au-dessus de mon lit. Le seul de la maison, et je l'y avais accroché moi-même, à la perplexité de mes parents. Eux se fichaient de la religion, ce qui ne les avait pas empêchés de m'inscrire au catéchisme – de même qu'ils me paieraient plus tard un permis de conduire dont je n'aurais jamais usage, tout ça faisait en quelque sorte partie de mon trousseau. Ma plus grande excentricité de jeune fille était sans doute de me sentir redevable à Jésus d'être mort pour les cochonneries que j'entendais bien perpétrer avec des individus de mon sexe à la première occasion. Le jour où j'ai appris que Dieu fermait les frontières de Son Royaume à ce qu'on appelait encore *les inverti.e.s*, je me suis sentie enfin libre. Foutu pour foutu, me suis-je dit, et j'ai décroché la croix. La culpabilité a reflué très, très lentement, s'écoulant par le trou qu'avait laissé le clou ; mais la rage, elle, a formé un véritable tsunami.

*Je découpe une photo de Faye Dunaway*
*dans un magazine*
*elle porte un costume d'homme*
*je colorie ses cheveux à ma convenance*
*je colle la photo sur une fiche cartonnée*
*de chocolat Merveilles du Monde*

*je plastifie le résultat*
*J'apprends à aimer des images*
*elles sont ce que je décide qu'elles sont*
*j'ai treize ans*
*Plus tard, j'aimerai des images mentales sans*
*couleur de cheveux, je ne m'encombrerai plus de détails.*

Puis la musique électronique monte crescendo, les bpm s'enflamment et je finis par crier.

*Les images ne déçoivent pas ne cèdent pas*
*à cette facilité, cette insigne platitude*
*qui consiste pour une femme à*
*aimer les hommes, une femme ne peut aimer les hommes*
*que par manque d'imagination*
*voilà ce que je pense, mais je crains, si je le formulais*
*– si je m'affichais perverse à la face du monde –*
*que l'on ne me contraigne comme un bonsaï*
*que l'on ne m'enferme dans une vie trop petite pour moi*
*dans un pot dans un cache-pot*
*que l'on ne me déforme, ne me plie, ne m'écrase.*

*J'écris des cahiers entiers contre le schéma de société dominant :*
*la famille nucléaire, la maison, le jardin, la balançoire,*
*les deux voitures, les courses à l'hypermarché,*
*le travail salarié,*
*les entrées plats desserts de cantine, de Noël, de communion,*
*la viande, la sauce de viande,*
*le comité d'entreprise, la salle des profs*
*et pourquoi pas un chien, aussi ?*

*un chien petit jouet pour les enfants sadiques*
*malgré leur raie sur le côté leur col de chemise bien plié ?*
*un chien à qui tirer la queue, un chien*
*comme un petit cheval sans bascule ?*

J'avais treize ans quand j'ai refusé la place qui m'était assignée. À l'époque, naïve que j'étais, je n'envisageais pas que l'on pourrait un jour embrasser ce genre de vie avec une personne du même sexe et la bénédiction de la société. À l'âge où je me débattais contre le sort qui semblait attendre toute femme et où Kim Gordon chantait *I won't be asking not to have this baby please*, je ne pensais pas être un jour nostalgique de ce que j'imaginais être une vie d'homo, vouée à frapper à des portes équipées de judas pour pouvoir frayer avec les dépravés de mon espèce.

Combien de fois j'ai reproché à l'Évaporée qu'elle ne soit pas aussi disponible que moi, sans progéniture, sans crédits ni plan de carrière. Combien de fois j'ai déploré qu'elle n'ait pas, comme moi, soldé la question de son orientation sexuelle en sixième, déclarant que ce serait non négociable – au prix d'humiliations et de violences, certes, mais qu'ensuite on n'en parle plus, jamais. Aujourd'hui, je dois reconnaître qu'il y a bien des manières de se frotter à l'hétéronorme et que celle de mes invitées ne me conviendrait pas davantage qu'un petit mari et des gosses dans le monospace sur la route des vacances.

Maintenant Del se remémore ce qu'elle appelle l'épreuve de leur dixième anniversaire à Ibiza, je demande,

*Non ?* et elle baisse les paupières de manière à me faire accepter la réalité de ce douloureux aveu, je me verse un autre verre, *Elle ne sait pas s'amuser*, dit Élo en faisant mine de frapper l'avant-bras de Del, *moi j'aime danser*. Je ne dis pas que je ne pourrais pas, je ne dis rien du tout, me concentre pour ne pas laisser l'ivresse du midi me mener à la catastrophe – il m'est arrivé d'agresser des hôtes prévenants pour moins que ça.

Au lieu de quoi je raconte tout. Ève, ce joyau de la Création, cette saloperie toxique. Nous, de la loterie céleste à l'ultime évaporation. *Mais ça va beaucoup mieux*, je conclus en levant mon verre et, constatant qu'il est vide, je le remplis.

## Ève

Le frigo tire la gueule et les placards sont vides. Le dernier recensement de ma cuisine donne : une boîte de thon à l'huile, des lentilles corail dans une jarre en verre, une racine germée de curcuma ancien achetée par Jenny lors d'un de ses très rares passages à Paris, il y a quelques mois. J'ai mangé tout le riz, et je n'ai plus de clopes. Il va falloir que je sorte faire des courses et me décide enfin à répondre aux collègues qui s'inquiètent du retard pris dans les deux articles sur lesquels je travaille – suis censée travailler. Le plus simple serait un arrêt maladie, le premier en vingt ans. J'ai une santé de fer et à la rédaction personne ne s'avoue jamais malade, on vient bosser même avec un quarante de fièvre, même avec un gamin qui fait les oreillons ou bien la varicelle. J'exerce un métier de mères surmenées et de pères divorcés. C'était comme ça dans toutes les rédactions où j'ai travaillé : ne jamais s'arrêter. D'abord pour décrocher mon premier CDI, ensuite pour le garder. J'ai pris le pli, à force.

Je ne vois pas non plus quoi dire au médecin. Je me porte très bien du point de vue physique, simplement je n'arrive pas à rester devant l'ordinateur plus de cinq minutes d'affilée, ni à sortir de chez moi depuis que je suis rentrée du dernier reportage, que je n'ai pas bouclé. Il me faudra trouver une autre excuse pour tout le retard pris. J'y penserai plus tard. Chaque chose en son temps, d'abord me nourrir. Je pourrais me faire livrer mais pour cela il faut se servir du smartphone ou de l'ordinateur.

C'est au-dessus de mes forces.

En attendant je vais planter ce curcuma et sa longue pousse verte dans un bac du balcon, entre les aromates. Je me rappelle très bien quand on l'a achetée, cette racine orange, au marché rue Daguerre, où tout est hors de prix, comme l'a noté Jenny. Je revois son visage crispé, parmi la foule dense. Impossible de faire valoir l'ambiance de cette rue pavée, des étals de primeurs, des terrasses de café où lire le journal devant un espresso. Ça a buté ma joie de lui faire découvrir mon quartier, l'espoir qu'elle trouverait un tant soit peu de charme à ma vie parisienne.

Nous étions moroses en retournant chez moi. J'avais voulu l'emmener dans un de mes rituels, ce marché du samedi, elle en était sortie tendue, agacée même, bousculée par les gens, elle qui déteste les contacts fortuits et l'intimité forcée avec des inconnus, qui n'aime rien tant que les grands espaces, et qui cultive elle-même dans son jardin la plupart des choses qu'elle mange. J'ai compris que la seule manière de continuer cette histoire serait que je vienne habiter son univers à elle, et je n'avais rien contre cette idée à l'époque, mais ça fait peur, quand même. Je me suis raconté qu'en télétravaillant ça resterait possible de garder mon boulot. Je me suis convaincue que lorsque je serais enfin là pour de bon, Jenny serait moins fébrile. Et qu'on pourrait enfin laisser se déployer cette poésie pure que toutes les contingences matérielles de nos vies et cette logistique des trois cents kilomètres mettaient à rude épreuve.

Mais c'était illusoire, un mensonge à moi-même. Comment lui expliquer que je ne peux pas partir, et que ce rituel du samedi matin est ancré dans l'enfance, une enfance qui se tait, dont elle ne connaît rien qu'une version officielle ?

Il y a dans les rituels une étreinte rassurante, quelque chose de morbide aussi, me concernant. Ces lieux sont un cimetière pour deux âges de ma vie : celui de mes huit ans, celui de ma vingtaine. Jenny n'en sait rien, j'aurais voulu qu'elle voie seulement la poésie. Les pavés inégaux, lustrés par les passants de toutes les époques et les petits commerces, le fleuriste du coin qui était déjà là lorsque j'étais enfant. Il a été racheté, c'est un Interflora dont la devanture bleue agresse la rétine. Le quartier perd son charme mais je sais y déceler ses traits d'auparavant, son visage d'antan sous les fards trop criards d'une rue gentrifiée, qui ravit les touristes.

C'est Jenny qui disait des choses comme *poésie*, pour parler de nous deux. Elle qui a redonné quelque chose de vibrant, de réel, à ma vie. Les moments avec elle ont rendu vains les rôles que je joue depuis que j'ai perdu le sens de qui je suis, il y a très longtemps. Je me suis alors laissée comme engloutir par celui qu'elle écrivait pour moi : l'amoureuse-providence. Il faut se méfier des écrivains et des écrivaines, qui vous aspirent dans leur capacité inouïe à forger une histoire dans laquelle se couler. Le plus petit élément de votre quotidien devient un symbole, un jalon narratif, un signe du destin. On finit par y croire. On a besoin d'histoires pour que la vie prenne sens, et lorsqu'on aime quelqu'une qui en fait son métier, elle écrira la vôtre sous un jour différent.

Mais il y avait des signes, pour de vrai, que j'ai vus, qui échappaient à la narration de Jenny, qui ne pouvaient se lire qu'au prisme de ma propre expérience, mon vécu avant elle, et qu'elle ne pouvait pas décoder à ma place. Qui m'ont donné à croire que nous étions faites pour nous rencontrer. La sémiologie, pourtant, n'est pas une science exacte, et je dois me méfier de ma propre tendance à lire les petites choses comme un jeu de tarot.

Tout de même, il y a eu ce serpent en couverture du livre qu'elle m'a offert, le jour de la rencontre. Fred avait un serpent tatoué sur l'épaule, qui s'enroulait autour de son bras, de son dos. Je parle d'une époque où se tatouer n'était pas encore à la mode, encore moins pour une femme. La première fois que j'ai vu son corps nu, que mes doigts ont suivi sur sa peau le tracé du serpent, je n'ai pu m'empêcher de poser des questions. Elle y a coupé court d'un de ces sourires amusés et énigmatiques qui décourageaient toute insistance à en savoir plus. J'avais le visage du serpent sous les yeux la première fois qu'elle m'a fait jouir, penchée au-dessus de moi dans ma chambre d'étudiante, mon lit simple aux draps blancs sur lesquels son corps brun se détachait comme une sculpture de guerrier spartiate.

Elle n'avait pas la morphologie d'une femme de quarante ans mais celle d'un lutteur, les épaules dessinées, les bras secs et musclés, les cuisses noueuses et dures, et elle faisait l'amour en me clouant au sol, au matelas, au mur, une main sur ma gorge, ma poitrine, mon visage, l'autre glissée en moi jusqu'à me faire gémir et supplier *Plus vite, surtout ne me lâche pas*. Je n'ai jamais osé regarder son visage tandis qu'elle me baisait, je voyais le serpent.

C'est ça qui m'est revenu, lorsque j'ai observé la couverture du livre que me tendait Jenny. La ressemblance était frappante : le trait noir stylisé, les écailles en damier, la fente des yeux bombés en mince croissant de lune. Je me suis demandé si un même modèle avait pu inspirer le tatouage de Fred et l'illustration du livre, à vingt ans de distance : une gravure ancienne, un symbole japonais ?

Le premier contact entre nos épidermes a été ce moment où elle m'a tendu l'exemplaire de son roman, en effleurant ma main.

Le serpent était donc là dès le premier échange mais m'a frappée plus tard, une fois rentrée chez moi. J'étais surtout happée par l'intense regard de Jenny et son look, pour le moins inusuel dans ce quartier bourgeois. Quelque chose entre le minimalisme extrême, qui disait *Je m'en fous de ce qu'on pense de moi*, et une grande élégance. Elle serait choquée si on lui disait ça, elle qui se veut loin de tout diktat mondain et des canons de beauté assignés à son sexe. N'empêche que Jenny a un look d'ancien mannequin qui aurait aussi été chanteuse dans un groupe punk. Et quiconque la croise ne peut faire abstraction de la façon dont ses jambes immenses s'emboîtent dans un bassin étroit, de ses mains longues et fines, de sa gestuelle aussi.

La deuxième chose qui m'a marquée en la voyant : mon propre sentiment d'être une travestie. Je portais ce jour-là une jupe, des talons hauts, un corsage échancré fait dans un tissu fluide et cintré à la taille, quelques bagues sans doute, et puis du maquillage. Tout l'attirail avec lequel je vais au bureau, qui me donne de la prestance en salle de rédaction. Qui signifie au monde *Voici une femme qui n'a jamais renoncé à la séduction, même en faisant carrière*. La séduction ça compte, c'est une compétence, un moyen de survie dans certaines situations, au minimum ça fait parfois gagner du temps dans les rapports humains. Preuve en est qu'à peine trois minutes après avoir croisé son regard, j'avais en main son livre, et même son numéro.

## Jenny

Depuis l'évaporation, j'ai l'impression que mon entourage me regarde comme un phénomène, du genre que l'on conserve en vitrine dans les muséums d'histoire naturelle ou que l'on étudie en laboratoire avec un protocole sanitaire strict. Aujourd'hui encore, mes amies battent des cils, me demandent comment ça, qu'est-ce que j'entends par là ?

– Je ne le remarque pas seulement chez delodelair, je précise : beaucoup de mes copines disent qu'elles ont du mal à composer avec tel ou tel trait de caractère de leur partenaire.

– Je ne te demande pas de justifier tes observations, simplement je n'arrive pas à comprendre ce que tu as découvert exactement.

– Que les gens sont ensemble… un peu par hasard, en fait. Comme deux crabes qui se croiseraient sur une immense plage pleine de crabes et l'un des deux dirait, *Qu'est-ce que tu en penses ?* et l'autre dirait, *Allez*. Ils se prendraient par la pince et ils clopineraient ensemble, en crabe, chacun tirant d'un côté, ça partirait un peu par-ci, un peu par-là et ça continuerait d'avancer comme ça, cahin-caha, sans véritable nécessité.

– Sans nécessité ?

– Par hasard, quoi. Je vois des individus multiplier compromis et concessions pour convenir à quelqu'un et je me dis qu'ils pourraient tout aussi bien composer avec quelqu'un d'autre, quitte à consentir d'autres types de contorsions. Je ne saurais pas faire ça. Dès lors que quelqu'un ne m'agrée pas ou inversement, je sors. L'amour n'est pas censé nous aliéner, ce n'est pas une série d'ajustements comme quand on monte une porte de placard et qu'il faut desserrer un peu ici et resserrer un peu là. Je veux être entière face à une autre qui soit tout aussi entière que moi.

– Résultat, tu es seule. Tes désirs d'absolu t'empêchent de vivre, Jenny.

– J'avais trouvé celle qu'il me fallait.

Zia soupire, *Je laisse tomber*, elle ne me regarde pas, finit son verre et je me dis que c'est une forme de point final. Que, quand elle aura reposé le verre, elle se lèvera, enfilera sa veste et m'abandonnera aux ratés de mon cerveau. Je pleure brutalement, abondamment – absolument. Certains déluges ressemblent à ça, qui renversent des poubelles, brisent des branches d'arbres et réduisent une pelouse à un bain de boue. Ma tête est tombée sur mes genoux, je la protège dans mes mains, mon crâne presque nu si fragile sous mes paumes. Je me dissous dans les larmes, je vomis ma vie par les yeux, je ne veux pas me relever. Jamais.

Il était 18 h 30 et j'avais rendez-vous dans un bar avec une journaliste littéraire. J'étais en avance, à mon habitude, j'ai choisi une table et j'ai posé dessus un exemplaire du livre que je promouvais à l'époque – il me semble que c'était *Des constrictions* – pour qu'elle me trouve facilement, au cas où elle n'aurait jamais croisé une photo de moi. La journaliste a posé son propre exemplaire près du mien et nous avons ri. Je ne me rappelle pas si j'ai apprécié ses questions ; dans ma mémoire, ce qui a suivi prend toute la lumière.

L'entretien terminé, nous discutions de choses et d'autres en finissant notre verre quand la journaliste a levé la main et appelé, *Ève !* J'ai tourné la tête vers Ève en même temps qu'elle tournait la tête vers notre table et j'ai senti le sang refluer dans mes veines. Je n'avais jamais vu de ma vie une femme aussi belle mais c'est de peu d'importance ; mon entourage hausse les épaules avec une moue dubitative quand j'évoque cette question éminemment subjective, d'ailleurs il s'agissait d'autre chose. D'une évidence. De tout sauf d'un hasard. Le hasard était celui de notre rencontre mais ensuite il s'est passé quelque chose entre nos regards, que ni elle ni moi (et nous nous sommes rejoué la scène des dizaines de fois avec toujours la même fascination) n'aurions laissé filer. Il est arrivé que je me retourne dans la rue pour constater que la fille sur qui je me retournais s'était retournée aussi ; parfois, nous nous sommes souri. Ce soir-là, c'était différent.

– Tu ne veux pas te joindre à nous ? a proposé la journaliste.

– À vos risques et périls, a répondu Ève en tirant une chaise.

Il n'y avait rien, strictement rien à quoi j'aurais pu m'accrocher pour ne pas me laisser happer par son regard, son sourire malicieux et la promesse de risques et périls. Elle a saisi mon exemplaire du livre.

– *Des constrictions*, quel programme… C'est vous qui l'avez écrit ?

– Gardez-le, j'en ai d'autres exemplaires.

– Vous me le dédicacez ?

J'ai noté mon numéro de téléphone, précisé que j'étais à Paris pour deux jours encore et lui ai tendu le livre. *Génial*, a-t-elle dit en découvrant la dédicace. Nous avons commandé une dernière tournée, puis j'ai quitté le bar et laissé les deux collègues et amies discuter tranquillement. Je venais de me poser à l'hôtel quand elle m'a appelée. Elle est venue me rejoindre et je n'étais pas timide, ni mal à l'aise, je n'avais pas peur.

C'était trop intense et, après quelques semaines sismiques, nous avons renoncé. Pendant deux ans, nous nous sommes observées de loin, échangeant de brèves nouvelles de temps en temps. Puis nous nous sommes revues et nos corps nous ont montré ce que nous étions trop timorées pour admettre : nous étions prêtes. Quelques jours plus tard, elle a claqué la portière de sa voiture devant ma maison du bassin minier, elle tremblait autant que moi mais c'était moins de peur que du désir de nous avaler enfin totalement, sans retenue ni entrave. Pendant un an, tout nous a fait rire aux éclats, la complétude de nos corps, la concordance de nos aspirations, la coïncidence des commentaires que nous inspirait le monde autour de nous, à la consonne près.

C'est cela que mes proches et la raison voudraient me voir oublier aussi facilement qu'on se remet d'un mauvais rhume. *C'était tellement absolu que ça n'a pas tenu*, disent mes amies, je l'entends à travers mes sanglots et je lève la tête vers elles mais je ne les distingue pas tant les larmes brouillent ma vue. *Jamais Annie ne m'a promis qu'elle m'aimerait toujours*, dit Zia, *pourtant elle est auprès de moi depuis quinze ans ; et toi, jamais je ne t'ai dit que je serais ton amie indéfectible et inconditionnelle, ça se produit, c'est tout : chaque jour, l'envie de nous voir consolide un lien qui n'a pas été formulé, théorisé, cacheté. Peut-être que s'il l'avait été, il aurait fini par rompre.* Je continue de tendre le nez vers la source sonore sans rien voir, je m'étrangle dans mes larmes, quelqu'un me tape dans le dos.

Dans mon esprit, le mot *évidence* revient obsessionnellement. Je ne suis pas sûre de vouloir vivre si ça signifie trouver des équilibres tièdes avec un individu qui ne me serait ni nécessaire ni suffisant, qui serait moins qu'évident, tâchant pour ma part de faire l'affaire quitte à me déformer la colonne vertébrale pour entrer dans les cases alors que d'autres seraient taillées pour le rôle. Pourquoi se plier à un tel exercice ? Quel est le but de tenir le plus longtemps possible dans une relation médiocre sinon d'être fêté pour la prouesse par le bon sens ordinaire ? Cela me rappelle Marilyn Monroe dans la scène du jokari des *Désaxés*, quand la foule scande les rebonds de la balle sur la petite raquette en bois et acclame l'adresse de cette paumée américaine archétypale qui, même désespérée, continue de jouer le jeu avec un sourire.

– Ève et moi, ce n'était pas ça, j'articule.

– Pas quoi ? demandent mes amies.

– Un hasard, un (je laisse passer un sanglot) arrangement, un pourquoi pas.

Je finis de m'éponger les yeux sur la manche de mon pull, me mouche bruyamment. Zia me regarde, les bras croisés, le regard dur, tandis que les yeux d'Annie luisent, compatissants.

## Ève

L'odeur m'a frappée une première fois au moment où, revenant du balcon les paumes pleines de terre d'avoir planté la racine de curcuma germée, j'ai traversé le couloir pour me laver les mains. Je me suis demandé d'où cela venait. Pas de l'intérieur de l'appartement.

Lorsque je suis sortie, plus tard, sur le palier, j'ai compris.

Elle était accroupie sur la marche la plus proche de ma porte d'entrée. La tête sur les genoux, protégée de ses mains, son crâne semblait nu, fragile sous son bonnet. Sans le vouloir j'ai eu une exclamation, elle n'a pas bougé. L'odeur m'a submergée, c'était celle d'un corps qu'on ne peut plus laver, un corps en déshérence qui trouve refuge parfois sous les voûtes du métro, dans les cages d'escalier. Je ne pouvais pas voir son visage en entier, seulement le haut du front et le nez. J'ai su que c'était une femme aux quelques éléments qui n'étaient pas cachés par sa posture : l'oreille, la nuque, les mains. Elle restait immobile, totalement prostrée. J'ai refermé ma porte le plus doucement possible, descendu l'escalier. J'étais comme ahurie, je ne savais pas bien ce que je devais faire.

Je ne l'avais jamais vue auparavant dans l'immeuble. Il pleuvait et je n'avais pas pris de parapluie. C'était la première fois depuis quatre jours que je m'aventurais plus loin que mon balcon. J'ai fait ce que j'aurais fait normalement : marché jusqu'à la rue Daguerre, attendu devant les légumes, avant de me rappeler que je n'avais pas de monnaie. Je suis retournée sur le boulevard retirer de l'argent au guichet automatique, et là j'ai fait le premier geste sensé, j'ai retiré le double de la somme prévue, me disant que la première et la moindre des choses serait de lui donner de quoi s'acheter à manger.

Au marché j'ai choisi à la hâte, oranges et avocats. Je n'ai pas pu m'empêcher d'imaginer Jenny commenter d'une voix douce l'exploitation humaine, le saccage des forêts qu'occasionne leur culture en Amérique du Sud, tout ça pour les bobos des pays riches, comme moi. J'ai hésité et les ai achetés quand même. Elle me poursuit malgré les trois cents kilomètres de distance entre nous, comme l'autre me poursuit, plus de vingt ans après. J'ai grogné *T'as pas le droit*. Le marchand de primeurs m'a regardée, j'ai secoué la tête, *Rien, je marmonne toute seule, ce sera tout, merci.*

Poésie pure, mon cul. J'aurais pu lui écrire : « Tu vois, t'es pas un être dénué de parts d'ombre, même si tu manges local, des légumes de saison. » Je n'ai toujours rien dit, après ce qu'elle a fait, après ce que j'ai lu. Sans doute je devrais rappeler, ou répondre aux messages qu'elle m'a envoyés. Des explications. Voilà ce qu'elle demande. La fin de mon silence. Mais juste, relis-toi, bordel, relis-toi et puis tu comprendras. C'est tout ce que j'aurais à lui dire et même ça, ça ne franchit pas le seuil de mes lèvres depuis que je suis partie, et je ne peux pas l'écrire. Alors, des avocats.

Voilà.

Et puis la femme. Peut-être qu'elle sera partie à mon retour. J'ai honte de penser ça, surtout du soulagement qu'occasionne cette pensée.

## Jenny

Zia prend ma chaise de bureau et Annie vient s'asseoir à côté d'elle sur un tabouret, devant l'écran de mon ordinateur fixe. Le fichier s'appelle *L'absolu c'est mon caillou dans la chaussure*, parce que c'était l'incipit le jour où je l'ai enregistré pour la première fois dans mes documents. Par la suite, j'ai supprimé la phrase mais je n'ai jamais changé le titre. Zia roule des yeux, dit que ça commence bien. J'ouvre le fichier en m'excusant : je ne sais pas ce que c'est, pas vraiment un journal mais pas une fiction non plus et on a vu plus poétique. Annie me rappelle qu'elles veulent voir ce que j'ai pu projeter sur cette relation et non juger d'un travail littéraire. Je reste debout derrière elles et je relis en même temps qu'elles ces pages écrites, dans leur première version, il y a plus d'un an.

Il m'est arrivé de dire à une fille qui voulait l'absolu avec moi ce que m'en disait mon psy : que l'absolu n'existait pas, voyons, et qu'on vivait mieux à oublier ces niaiseries. Je n'en voulais pas avec elle. Parfois, je l'ai rêvé avec d'autres qui n'en voulaient pas, ou pas avec moi. L'absolu est un origami très compliqué. Mais voilà qu'une femme et moi, en même temps, comme un duo lyrique, le voulons ensemble : *Zéphyrs embrasés, Versez-nous vos caresses ! Zéphyrs embrasés, Versez-nous vos baisers !* Je me dis *Ça y est, c'est notre tour*, *the bells are ringing for me and my gal* et toutes les chansons d'amour parlent de nous désormais, la grande loterie céleste nous a choisies.

Partant, le sens de la vie n'est franchement plus mon problème, pas davantage que la fin imminente et tragi-comique de l'espèce humaine et le merdier insoluble qu'elle laissera derrière elle comme un grand sac-poubelle éventré ; mes vieux jours seront solaires quoi qu'il arrive et, après des décennies d'une lancinante empathie universelle, je peux prendre ma retraite du vaste monde et dire, après nous le déluge – un *nous* comme une sucrerie qui fondra lentement sur ma langue jusqu'au jour de ma mort. Je réserve toute ma douceur à mon amour absolu.

Je le clame : quand je pousserai mon dernier soupir, très vieille, je veux la tête de mon amour posée sur ma poitrine, et les doigts de ma main gauche enfouis dans la forêt paisible de ses cheveux, et ceux de la droite écarquillés sur sa peau – quand nous serons très, très vieilles.

*

mon amour aime le soleil, la pluie, la neige, le vent et l'orage

mon amour aime les lapins, les chevreuils, les oiseaux, les abeilles, les escargots, elle ne grimace pas quand elle voit des vers de terre et ne dit pas que les cochons sont laids

mon amour aime la nature et la ville, elle aime la mer, la campagne, la montagne et même le bassin minier

mon amour aime le sucré, le salé, le pimenté, elle aime les fruits, le chocolat et les épices, elle aime le gingembre et les oursons en guimauve

mon amour est curieuse de tout, des arts de tous les arts, des sciences de toutes les sciences et des sciences humaines mais aussi de la cuisine, du jardinage et des travaux manuels

mon amour juge par elle-même, pense par elle-même, analyse toutes choses par le prisme de son esprit complexe et singulier, parfois tortueux (nous prédisons, « Elles vécurent heureuses et eurent souvent mal à la tête »)

mon amour n'est jamais fatiguée même quand son corps lui dit que si, mon amour avance, essaie, insiste, elle tient bon, elle tient tête, ça passe, ça finit par passer, hop, elle a réussi cette fois encore

mon amour rêve, imagine, elle part très loin, son esprit un torrent, des rapides, une cascade, mais mon amour est aussi pleinement dans l'ici et le maintenant, elle s'émerveille, elle aime, elle tressaille, elle approche, elle désigne, elle touche, elle goûte (« Tiens, ce n'était pas comestible », dit-elle parfois)

mon amour est apte au bonheur, à la plénitude, à la sérénité, pourtant mon amour déborde, son volcan intérieur gronde de joie, de colère ou de désir mon amour est apte à la vie, elle est une explosion de lumière dans une goutte de pluie, les miroitements sur les clapotis d'une rivière et son chuintement doux et puissant, elle est le jour et la nuit, elle regarde la lune et la trouve belle – c'est elle qui est belle : mon amour

## Ève

C'est avec Jenny que je me suis aperçue que les fleurs, l'herbe, les arbres, le ciel, l'eau, les branchages, peuvent offrir un tel ravissement aux yeux qu'on reste abasourdie. On marchait un dimanche, j'allais prendre la route pour rentrer à Paris quelques heures plus tard, le moment était doux mais couvert de ce voile, langueur mélancolique, qui enveloppait chacune de nos séparations.

J'avançais tête baissée comme je le fais souvent, perdue dans mes pensées. C'est ce que j'ai aimé, très vite, avec Jenny : cette possibilité d'exister côte à côte tout en laissant le flux de conscience intérieure se dérouler sans heurts. Jenny a cette aisance à créer de l'espace, autour d'elle et en elle, assez pour que l'esprit puisse vagabonder même si on est à deux. Et puis s'ensuivaient des temps d'effervescence, des effusions de mots, d'embrassades, de caresses.

C'est un de ces moments de silence qui me revient le plus, lorsque je pense à elle, alors je suis tentée de lui écrire un message : « Tu te rappelles cette balade, avec les herbes roses ? »

Mais l'heure n'est pas venue.

Au fil du chemin, le regard vers le sol, c'est la couleur des herbes qui m'avait arrêtée. À cet endroit sauvage non loin de chez elle, un tout petit chemin presque pas fréquenté et bordé d'un ruisseau, les branchages étaient bas, le soleil déclinait et toutes les couleurs s'étaient mises à vibrer. Le vert intense des feuilles et puis ce rose soudain, tirant sur un mauve tendre, percé de notes plus vives : des clochettes violettes, dont je ne sais pas le nom. Jenny connaît celui de toutes les fleurs sauvages. Moi seulement celles des fleuristes. Nous nous sommes arrêtées, je lui ai dit : *Regarde*. Elle a souri et attrapé ma main pour qu'on s'assoie dans l'herbe. J'étais prête à sortir mon téléphone du sac pour prendre une photo, quand m'est revenue cette phrase que ma mère répétait : *Le souvenir est un poète, n'en faites pas un historien*.

Non, ce moment magique ne figurerait pas dans la galerie du smartphone, n'irait pas sur Insta, ne glanerait pas de likes, ne serait pas perdu dans le flux des images sur les réseaux sociaux. Il resterait à nous. Une image mentale, qu'on pourrait convoquer derrière le rideau de nos paupières closes. Jenny est avec moi la seule dépositaire de ce tableau somptueux, de cet instant parfait.

Nous nous sommes allongées pour regarder le ciel à travers les hautes herbes en camaïeu de roses. Nous sommes restées longtemps. Je suis partie plus tard que prévu pour Paris, la nuit était douce, une brise fraîche filtrait par la vitre entrouverte, juste assez pour sentir un souffle dans mon cou.

Elle me manque, c'est un fait. Et j'aimerais pouvoir partager avec elle certains morceaux de mon histoire. Lui parler de cette phrase de ma mère, qui refusait qu'on capture son visage en une image figée. Il ne me reste d'elle qu'une poignée de photos.

Le carré officiel pris au photomaton sur sa carte d'identité, épinglée d'un trombone à son acte de décès.

Deux clichés d'un pique-nique avec des collègues du centre de loisirs où elle travaillait. J'étais petite alors, quatre ou cinq ans peut-être. On me voit dans ses bras, les yeux écarquillés, la bouche pleine de gâteau. Sur les deux images elle détourne la tête, dérobant son visage.

Et la dernière photo où j'ai huit ans à peine, au carnaval d'école. Je suis grimée en clown, elle porte une robe longue, bleu marine, cintrée, et l'on voit qu'elle est maigre et a les traits tirés. Ses cheveux sont lâchés et bouclent aux épaules, formant un halo sombre autour de son visage au regard incertain. Le cliché n'est pas flou, mais il y a quelque chose de flottant dans ses yeux. Un visage d'absente.

C'était très peu de temps avant que l'on vienne me chercher à l'école pour me dire : *Ta maman est partie*, et pour m'envoyer vivre dans une nouvelle famille, en l'absence de parents à qui me confier. Ma mère était de ces personnes discrètes, dont on s'aperçoit trop tard avec effarement qu'elles n'avaient pas de proches. Qui savent donner le change au travail, en public, n'accrochent pas les regards et fuient toute attention un peu trop appuyée. J'étais encore petite, mais je me rappelle que les seules vacances qu'on a passées avec d'autres personnes, ses collègues, ont donné lieu à un de ces épisodes inintelligibles pour l'enfant que j'étais – dont j'ai compris le sens bien plus tard, lorsque j'ai réclamé les rapports à l'assistance sociale. *Bipolaire. Instable. Paranoïaque aiguë.* Ces mots comme des couperets venant hacher menu le peu qui me restait des moments avec elle, mais qui donnaient du sens à la suite de l'histoire. Le rapport tenait en vingt lignes tapées à la machine à écrire et corrigées au stylo par une main anonyme.

Fille de père inconnu et de mère mineure, élevée par la DASS, devenue à son tour fille-mère à dix-huit ans, pas d'oncles, pas de tantes, aucun lien ni d'attache en dehors du travail. Elle m'avait faite seule, elle n'avait personne et moi je n'avais qu'elle.

Parmi les souvenirs qui me sont restés d'elle : son grand amour des fleurs, sa tristesse de les voir jetées lorsque invendues aux étals des fleuristes. Elle en rapportait quand on allait ensemble le samedi rue Daguerre faire la fin du marché. Elle aimait les lilas, les jacinthes, les pivoines. Elle retaillait leurs tiges et les réhydratait, elle mettait toujours une aspirine dans l'eau *pour les revigorer*. Elle ne supportait pas de les voir se faner et les faisait sécher entre des pages de livres une fois qu'elles étaient mortes, pour ne surtout jamais les mettre à la poubelle. Et notre appartement, un deux-pièces exigu en rez-de-chaussée, dont elle n'aimait pas ouvrir les fenêtres parce qu'elles donnaient juste sur le boulevard, renfermait cette odeur si particulière du végétal qui sèche, du papier gondolé encore un peu humide. Tout cela fut jeté je pense, à mon départ pour la première famille où j'ai été placée. Elle m'interdisait même, quand on allait au parc, d'arracher les pâquerettes pour lui faire un bouquet. *Laisse-les vivre*, disait-elle. J'aurais voulu qu'elle voie, ces herbes rosissant au soleil déclinant, et j'ai alors failli en parler à Jenny. Lui raconter ma mère. Lui expliquer pourquoi je suis revenue dès mes dix-huit ans habiter ce quartier au nord de Montsouris, pour retrouver les seuls points d'ancrage concrets de mon enfance : ce parc, ce boulevard. Que je n'ai plus jamais réussi à quitter, y sous-louant d'abord une chambre de bonne l'année de terminale, en changeant de lycée. Ma dernière famille d'accueil était scandalisée que je ne veuille pas rester avec eux à Montrouge et que je parte ainsi, seulement deux mois après l'anniversaire de mes dix-huit ans. J'avais tout planifié et effectué moi-même les démarches nécessaires pour revenir vivre dans le quatorzième dès ma majorité. J'épluchais les annonces de sous-locations, prospectais les lycées de l'arrondissement. J'ai été retenue sans trop de difficultés. J'avais d'excellentes notes même si mon cursus marquait un an de retard puisqu'on m'avait inscrite une deuxième fois en CE2 dans la nouvelle école, l'année où je suis devenue orpheline. J'étais donc, à peine majeure, une lycéenne libre de vivre où elle voulait. Et il y avait les hommes, si faciles, les petites annonces à l'École des beaux-arts pour poser comme modèle vivant et gagner de quoi payer la petite chambre. Puis les propositions de nuits rémunérées. Un prof des Beaux-Arts, d'abord.

L'air de rien. Avec qui je couchais parce qu'il me plaisait, et qui me donnait toujours *de quoi finir le mois*. Puis les autres petites annonces, guidée par une fille qui posait comme moi, nue, tous les vendredis soir à la Grande Chaumière, et avait des clients du côté de Neuilly. Personne à part Fred n'a jamais su comment je trouvais de quoi régler le loyer du neuf mètres carrés au sixième étage sur le boulevard Saint-Jacques.

Quelques années plus tard, je suis devenue l'officielle locataire d'un tout petit deux pièces avenue René-Coty, grâce à mon premier salaire de journaliste. Puis je suis revenue vivre sur le boulevard Saint-Jacques après mon mariage, dans cet appartement que j'habite maintenant depuis des années. Appartement dont il n'était pas question que je déménage une fois divorcée. Mes fils auront grandi dans le même quartier que moi. C'est la seule chose que je peux leur transmettre de ma propre histoire et de la grand-mère qu'ils n'auront pas connue. Le reste, c'est néant.

J'ai repoussé l'instant d'en parler à Jenny, de raconter ma mère, et une autre occasion ne s'est pas présentée. Je ne me voyais pas ouvrir cette boîte à secrets juste avant de reprendre la voiture pour rentrer à Paris. La version officielle est que je suis orpheline, née d'un père inconnu et d'une fille-mère. Jenny sait de moi seulement les familles d'accueil – comme la plupart des gens dont je suis ou ai été proche. Il n'y a plus personne, à part peut-être les assistantes sociales de l'époque, qui puisse témoigner que ma mère m'aimait et faisait au mieux, même si ses rapports avec le monde réel étaient très compliqués. La seule personne à qui j'en ai parlé, adulte, l'a mise dans un roman : mon histoire d'enfance, racontée par une autre, exposée, comme un corps déformé pendu au bout d'une corde, un épouvantail triste dont personne ne sait quelles couleurs il avait avant que les pluies, le vent et les oiseaux ne lui volent son pimpant. Tout à fait misérable, la version de Fred. Une mère dépressive, internée, suicidaire, disparue lorsque j'avais huit ans. Je l'ai haïe si fort pour cette trahison, mon secret volé, transformé et livré en pâture dans toutes les librairies, que j'étais incapable d'en parler à Jenny. Les écrivains sont comme des goules, des matrices absorbant la matière de vos vies pour la remodeler en la transfigurant, de sorte qu'on ne peut protester publiquement : ceci est mon histoire, elle m'appartient. Je me suis renseignée : aucun détail concret, lieu, date ou patronyme, ne prêtait à poursuites contre l'éditeur de ce roman de Fred. J'ai vu durant des semaines le livre en vitrine à deux pas de chez moi, j'en devenais démente. Chaque jour je revenais avenue Denfert-Rochereau, juste pour vérifier. Chaque fois que je croisais une librairie ailleurs au gré de mes journées, j'y entrais et scrutais toutes les tables jusqu'à souffler de soulagement s'il ne s'y trouvait pas. L'auteure décédée, l'éditeur protégé par la mention *fiction* inscrite en couverture – j'étais prise au piège. Avec deux deuils à faire : la disparition si brutale de Fred survenue quelques mois avant la publication, et l'histoire de ma mère enserrée dans ces pages comme une fleur séchée.

## Jenny

Je guette une réaction sur le visage de Zia mais elle continue de lire mon journal de l'absolu avec la plus grande impassibilité.

J'avais autrefois une amie qui s'appelait Mona. Elle avait cette drôle de façon de parler comme si de nombreuses syllabes voulaient quitter sa langue en même temps et, quand l'une avait réussi à passer, toutes les autres la suivaient précipitamment puis il y avait des nids-de-poule alors les syllabes trébuchaient, faisaient un carambolage sur son palais avant de repartir avec la même hâte, comme un tortillard à flanc de montagne et tout ça très bas comme si quelqu'un risquait d'entendre. Parfois, des notes de cette petite musique m'échappaient mais je les devinais dans l'ensemble.

Mona s'est liée d'amitié avec une fille dont je décevrais le désir d'absolu. Quand j'ai quitté cette fille qu'elle appréciait tant, Mona m'a dit que j'étais une connasse en fait, ensuite de quoi elles sont restées amies tandis que Mona et moi, beaucoup moins. Mais avant cela, j'avais vu Mona grimper soudain la pente du bonheur, d'un coup comme par miracle. Je me réjouissais pour elle depuis quatre ans quand j'ai rencontré celle qui deviendrait ma fiancée.

Alors que mon miracle et moi nous émerveillons de notre sort, j'apprends le décès de Mona. Elle n'avait pas quarante ans. Elle est partie en trois mois, emportée par une maladie fulgurante.

Je ne suis pas invitée à ses funérailles, dont le soleil mouillé sera la fille qu'elle appréciait mais à qui je fendrais bien le crâne d'un coup de bêche parce qu'elle est du genre à vous faire payer très cher, pendant des années, de n'avoir pas voulu l'éternité avec elle. C'est pourquoi pendant des jours, des semaines, j'ai des réminiscences de Mona dans mon coin, sans personne avec qui échanger des anecdotes dont elle serait la tête d'affiche. Je regarde les deux photos d'elle dont je dispose et me dis que ce n'est pas juste, comme s'il y avait des morts justes et des injustes. La fin prématurée de Mona me conforte dans l'idée que le bonheur ne nous échoit jamais que pour nous être repris brutalement.

L'absolu est ce petit trou du cul hypocrite et sournois qui attend que les parents regardent ailleurs pour vous tirer les cheveux, casser votre jouet préféré ou monter sur le canapé avec ses chaussures.

*

Après le décès de Mona, je conjure ma fiancée d'arrêter de fumer. Elle achète des Nicorette mais elle n'aime pas le goût ; elle en a mâché une et demie, elle garde les autres dans son sac à main, à côté des cigarettes et du tabac à rouler pour quand il n'y a plus de cigarettes. Son regard me dit, *Mourir de ça ou d'autre chose*, et aussi un peu, *Ta gueule*. Une longue vie auprès de moi vaut-elle moins qu'une cigarette aux yeux de celle qui dit m'aimer plus que tout ? Parfois, je cesse de plaisanter avec elle quand elle dit que tout le monde n'a pas ma volonté, je m'emporte et lui assène que pour avoir de la volonté, ce n'est pourtant pas compliqué, il suffit de le vouloir. Mais la plupart du temps, je me dis, *Advienne que pourra : si elle meurt, je mourrai aussi.*

*

Je pénètre dans l'église la plus proche de chez moi, peu après l'échange des bagues, avec l'intention de racheter plusieurs décennies d'allègre blasphème, mais une fois que je baigne dans l'odeur caractéristique d'encens et de vieille pierre humide et fraîche, je ne sais pas comment m'y prendre.

Si je n'ai aucune peine à tenir de longs monologues face à des animaux diversement captivés (je leur donne surtout des nouvelles de ma fiancée, dont les fréquentations sont d'une nature et d'un standing très différents puisqu'elle travaille avec plus de quatre cents journalistes – je n'aurais pas imaginé que de tels effectifs existaient, je suis claustrophobe, agoraphobe et misanthrope), m'adresser à un dieu ne m'est ni facile ni naturel.

Je ne sais que faire ni que dire dans cette église près de chez moi. Je suis venue faire la paix, m'excuser pour les médisances, *Je me rattraperai, promis, mais je vous en prie, laissez-moi vivre longtemps avec ma fiancée, même si on prétend (et vous comprenez, c'est la rumeur très certainement infondée qui m'a tellement remontée contre vous, ces trente dernières années) que les gens tels que moi n'auront pas accès à votre royaume (ça ne vous dérange pas si je m'adresse à vous sans majuscule ? je vous crois bien au-delà de la typographie).* Hélas, je n'y arrive pas, je ne dis rien du tout, ni à voix haute ni dans ma tête et, malgré l'abondance de sièges tous libres, je ne m'assieds pas.

*

Nous échangeons des bagues de fiançailles. Nous précisons *de fiançailles* quoique nous n'ayons pas le projet de nous marier ensuite, pour ne pas dire simplement *des bagues*, mais quelques semaines plus tard, après que j'ai eu la vision de nos deux noms accolés pour l'éternité sur un formulaire, trace pathétique et sublime de notre amour comme un moustique dans une goutte d'ambre préhistorique et qui resterait sur la planète bien après l'extinction de notre espèce, je demande la femme absolue en mariage. En plus, nous avons déjà les bagues, il ne manquerait que les bans. La femme absolue dit oui.

Elle ajoute que personnellement, le mariage ne signifie rien pour elle et qu'elle n'en a pas besoin mais que si ça peut me faire plaisir. Alors je dis que non, dans ces conditions le mariage n'a plus de sens à mes yeux. *Tiens, plantons plutôt un arbre.* Et en chœur, nous ajoutons : *Un cerisier.* Cet unisson vaut tous les annulaires et lève un majeur souverain aux schémas et institutions de la société patriarcale. Nous regardons le jardin et admettons qu'un cerisier nain serait plus approprié parce que ça prend beaucoup de place, un cerisier, après quoi les racines énormes défoncent tout et soulèvent les clôtures et murets. D'ailleurs nous ne sommes plus de première jeunesse et ça prend du temps pour en imposer, un cerisier.

– Tu vois ? Ce qu'elle te donnait, c'était pour te faire plaisir. Tu devais te sentir en demande, être celle qui attendait, comme s'il fallait s'humilier pour prouver son amour et mériter qu'elle le paye de retour.

– Lis la chute avant de commenter.

Quelques semaines plus tard, il nous faut constater que l'amour a enflé dans des proportions qui nous font rire aux éclats, surtout quand nous évoquons le cerisier nain. Nous décidons de nous marier.

– C'est elle qui l'a proposé, la seconde fois ?

Je regarde par la fenêtre, souffle avec mauvaise humeur. Bien sûr que non, ce n'était pas elle.

## Ève

Parmi les choses que j'ai trouvées dans ma cuisine durant mon inventaire avant de faire les courses, il y avait ces étoiles d'anis dans un bocal, que m'a données Jenny. Je les fais infuser dans une eau chaude et claire, le jour vient de tomber. Élise, c'est son nom, a disparu peu après que le Samu social est venu à ma demande. Je lui ai fait un sandwich avec des avocats et un chocolat chaud, lui ai donné l'argent que j'avais retiré le matin au marché.

Sous le refuge de son écharpe grise, son visage était tendre, vulnérable. Dans sa bouche les mots se mélangeaient, il lui manque des dents. Son sourire m'a prise au dépourvu quand les deux femmes du Samu ont dit *Bonjour, Élise, c'est vous ?* Elles l'ont reconnue aussitôt qu'elles l'ont vue couchée sur mon palier en chien de fusil, la tête posée sur son sac carré, une sorte de glacière en tissu bleu passé. Je lui avais proposé plus tôt un matelas une place, qu'elle n'avait pas voulu, elle était décidée à rester sur le sol, pile à cet endroit. Les deux femmes sont ensuite venues dans ma cuisine pendant que je lui préparais à manger. Elles m'ont expliqué qu'elles n'ont plus de chambre en foyer, toutes les places sont prises, et qu'elles connaissent Élise, qu'elle vit comme cela depuis des années, d'immeuble en immeuble, dans des cages d'escalier jusqu'à ce qu'on la chasse ou qu'un locataire appelle le 115. *On reste en lien avec elle, quand vous nous appelez ça nous permet de voir comment elle va, mais on n'a pas grand-chose à lui proposer, à part des couvertures et des bouteilles d'eau.*

Même si une place en foyer se libérait, ça serait compliqué, disent-elles. Elle ne peut pas rester en intérieur longtemps. Elles étaient assez jeunes, la trentaine peut-être, elles parlaient à Élise comme à une vieille amie : *Il est beau ce vernis !* Sur ses doigts abîmés, une couche écaillée de vernis bleu foncé, la seule chose sur elle qui fasse décoration. Son odeur est restée dans la cage d'escalier, se mêlant à celle de la Javel qui a été répandue – sans doute par le concierge. Les propriétaires du quatorzième ne s'accommoderaient pas d'une telle passagère clandestine dans l'immeuble : quelqu'un a dû l'appeler durant mon absence.

Il ne pleut plus ce soir mais les rues sont mouillées. J'ai terminé d'écrire mes pages de la soirée. C'est venu comme un besoin physique et non prémédité, comme on étire ses bras, sa nuque ou bien son dos, après un temps trop long dans l'immobilité. Je saisis le carnet où d'habitude je prends des notes pour les articles, pendant les reportages ou entre deux trajets, et j'écris. En commençant par les pages de fin vierges, à l'envers du carnet, retourné de telle sorte que son dos cartonné devient couverture, et la fin un début. Les pages se remplissent, durant une heure peut-être. Et puis cela s'arrête, avec le sentiment très simple que ça y est, c'est fini. Et puis ça recommence, le lendemain. Cela fait maintenant trois soirs (depuis que je suis revenue du Vercors) que j'écris de cette manière. Et je me rends compte brutalement que je n'avais encore jamais écrit quelque chose qui parle de moi, que je n'ai jamais tenu de journal personnel alors que j'ai fait de l'écriture mon métier, que chaque semaine des millions d'inconnus peuvent lire tel article, reportage, ou chronique de ma main dans un grand quotidien. Peut-être est-ce la raison pour laquelle je n'ai pas réussi à aligner une phrase pour le travail depuis trois jours, il fallait que ça sorte, cette *autre chose* de moi. Pas mon écriture de journaliste, cette plume précise, une-phrase-une-idée, que l'on m'a inculquée.

J'avais trop peur je crois, que quelqu'un puisse lire mon histoire, et de trahir ma mère en écrivant sur elle. C'est la première fois qu'elle vient sous mon stylo. La première fois aussi que j'écris au sujet d'une femme que j'aime. Je me surprends à avoir déjà convoqué quatre personnes dans ces pages inversées. Quatre personnes réelles qui ne sont pas sujets d'article ou reportage. Jenny et Fred. Élise et ma mère. Ma mère aurait peut-être fini par vivre comme Élise si elle n'avait pas décidé d'arrêter le cours de sa vie sous les roues d'une voiture un matin sur le boulevard. Élise aussi a eu un jour l'impulsion de quitter cette vie, une certaine vie, pas de la même manière. Élise qui, comme ma mère sans doute, a perdu pied avec ce qu'on appelle, à tort, réalité. Le réel est multiple, il est donc mille façons possibles de l'habiter, ou bien de le quitter. J'espère qu'Élise est au sec, où qu'elle soit maintenant. Elle a laissé les noix de cajou et le chocolat que je lui avais donnés, sans doute trop difficiles à mâcher en l'absence de dents.

J'avale une gorgée de tisane à l'anis et me demande ce qu'aurait bien pu faire Jenny dans cette situation. Sans doute elle ne serait pas sortie faire les courses avant d'appeler le 115 et le Samu social. Elle aurait tout de suite demandé à la femme comment elle s'appelait, si elle pouvait l'aider, lui aurait proposé de prendre une douche. Élise aurait dit non, sans doute parce que cette odeur la protège des agressions dehors, et qu'elle ne la sent plus, c'est ce que je me dis en soufflant sur l'eau chaude aux étoiles d'écorce parfumée. Je me dis cela parce qu'au fond ça me rassure. Et ça ne sert à rien mais je me déteste de ne pas lui avoir proposé cette douche, et d'autres vêtements. J'en ai plein mes placards, des plus chauds et en meilleur état que ceux qu'elle portait. Je ne sais pas à quelle heure elle a quitté l'immeuble. Quand je suis revenue de ma deuxième sortie en fin d'après-midi ça sentait la Javel partout dans l'escalier, et elle était partie. Je voulais lui donner des bananes que je venais d'acheter, c'est plus mou, ça se mâche bien. Mes bananes bio avec leur sticker vert ont l'air bien connes sur ma table à manger.

Jenny aurait dit ceci. Jenny aurait fait cela. Qu'elle sorte de ma tête. J'en ai fini avec ces êtres d'absolu qui font de la dentelle dans des phrases ouvragées avec vos sentiments, réduisant en charpie leurs motifs et leurs formes pour en tisser les leurs.

J'ai cru une seconde qu'Élise était venue exprès sur mon palier pour me dire quelque chose. Et qu'on se connaissait. Mais non c'est un hasard, la vie ne peut pas être un rébus permanent, une suite de mots croisés dont deviner le sens. Ça va me rendre dingue de toujours tout ramener à cette équation, signifiant-signifié. Le monde n'a rien à dire, l'univers est muet et on ne viendra jamais à bout de sa misère.

Je la revois avec la tête entre ses mains, toute cette fragilité.

Pour la première fois depuis que j'ai quitté Jenny en pleine nuit, j'ai envie de pleurer. Et je repense aux phrases que j'ai lues dans la nuit, la dernière avec elle. Encore une insomnie dans sa maison trop calme. À Paris on entend toujours le bruit de fond, les voitures du boulevard, le métro aérien qui passe non loin d'ici.

Je m'étais levée doucement, Jenny dort toujours profondément, du sommeil de qui s'exerce au grand air, éprouve la vigueur de son corps la journée. J'avais de la fatigue d'avoir sarclé la terre humide du jardin et arraché les plantes qui gênent la croissance des légumes. Jenny refuse qu'on les appelle *mauvaises herbes*. Mais les arrache quand même. J'en avais des ampoules, et un peu mal aux reins d'être restée longtemps courbée avec la houe. J'aurais dû m'endormir d'être si fatiguée de l'exercice physique, mais le sommeil fuyait. C'était la pleine lune, je n'ai pas eu besoin d'allumer la lumière dans le petit salon. J'y ai fumé une clope à la fenêtre que Jenny laisse ouverte, même quand il fait frais. Et puis mon regard s'est attardé sur le rectangle clair de son ordinateur posé sur le bois foncé de la table basse. Contrairement à d'habitude il n'était pas éteint, le rond de lumière sur le côté pulsait comme un petit phare bleu. J'ai écrasé ma cigarette dans le cendrier en céramique qui trône sur le rebord de fenêtre depuis que Jenny a daigné l'acquérir pour moi (bien qu'elle déteste me voir fumer), j'ai ouvert le capot de son ordinateur, tapé le mot de passe qu'elle m'avait donné un jour que mon smartphone faisait des mises à jour. Je voulais simplement éteindre la machine, puisque Jenny a cette hantise de gaspiller l'énergie. Et puis j'ai fait cette chose que je n'aurais pas dû faire : j'ai commencé à lire le document Word affiché à l'écran, qu'elle n'avait pas fermé. Une deuxième fois, quelqu'un avait puisé dans mon histoire d'amour matière à un roman. Une deuxième fois je devenais personnage. Plutôt que de verser le contenu d'un vase pour noyer le clavier, bousiller le bordel, j'ai attrapé mes clés de voiture. À l'aube j'arrivais aux portes de Paris, en nuisette, chaussures de randonnée et anorak de pluie, j'avais conduit trois heures sans interruption. Mon téléphone avait sonné six fois depuis cinq heures du matin, Jenny se réveille tôt. Et puis des SMS ont envahi l'écran. J'éteins mon téléphone le plus souvent possible, depuis cette nuit-là, ou je le laisse en veille.

Qu'elle écrive la fin toute seule maintenant. Je deviens page blanche et ma rage est muette, elle n'aura pas un mot.

## Jenny

Ma fiancée dit souvent, le lundi matin à l'aube, qu'elle ne veut pas retourner travailler dans la prestigieuse capitale parce que sa place est auprès de moi. Elle me dit combien son entourage lui a toujours reproché de ne vivre que pour le travail – et c'était vrai, ajoute-t-elle, parce qu'elle n'avait rien trouvé de mieux pour combler son vide existentiel avant que je n'apparaisse dans sa vie. Mais maintenant que j'y suis, tout ça n'a plus beaucoup de sens. J'en suis soulagée, car cette relation en pointillé me met à la torture. Tant chaque moment avec elle est un concentré de bonheur. *Je veux ça tous les jours de la vie*, dit parfois la femme absolue et je me pâme de bonheur parce que moi aussi, moi aussi, moi aussi !

Hélas, ma fiancée passe un entretien annuel et obtient une augmentation et son rédacteur en chef lui demande pourquoi elle n'écrirait pas un livre sur la sous-représentation des femmes dans les hautes sphères culturelles. Elle me fait part de ses doutes au téléphone, avec le genre de voix que je prendrais si je devais lui avouer que j'ai ramené quelqu'un chez moi en son absence, un soir d'ivresse. Dès lors, le but officiel de sa vie n'est plus de me rejoindre au plus vite sur la terre schisteuse de mon territoire afin que nous profitions pleinement du temps qui nous est imparti mais d'atteindre le firmament de la reconnaissance médiatique en écrivant ce livre qui nécessitera de frapper à la porte de toutes les institutions parisiennes.

Après des semaines de convulsions plus ou moins discrètes, j'accepte la nouvelle donne. De toute façon, c'est à prendre ou à laisser. Pourvu, me dis-je, que l'écriture de ce livre lui prenne moins de temps qu'une thèse.

– C'est là que les problèmes ont commencé, je crois, dit Zia. Il me semble que tu m'avais parlé de ce choc, mais très vite j'ai eu l'impression que tu avais accepté cette nouvelle perspective et qu'elle t'arrangeait : au fond, pour une solitaire telle que toi, le rythme d'une semaine sur deux était idéal.

– C'est vrai, il y a des choses que j'ai toujours aimé faire seule, mais j'ai découvert qu'avec elle, c'était encore mieux. Pas une fois je n'ai eu hâte qu'elle reparte pour pouvoir vivre ma vie. C'est l'une des raisons pour lesquelles je n'ai jamais vraiment digéré l'affaire du prix Pulitzer, et aussi parce que ça me rétrogradait au second rang de ses préoccupations. Mon journal me servait d'écumoire, il filtrait ses manquements et mes déceptions, il m'aidait à tourner en dérision mes frustrations. Le tenir m'évitait de laisser pourrir des rancœurs.

– Pourquoi tu ne nous en as pas parlé ?

– Je ne voulais pas de regard compatissant sur mon histoire et je ne voulais pas que le vernis de mon couple parfait soit terni par des regards extérieurs mesurés : absolu et mesure, ça ne va pas ensemble. Et ça ne fonctionnait pas si mal, j'étais moins explosive depuis que je déversais dans ce fichier tout ce qui débordait des contours.

– Des contours de quoi ? De l'image que tu t'étais faite de votre relation ?

– On la dessinait à deux, cette image. Je crois. Pour une fois, je suis presque sûre que je n'ai pas rêvé seule.

– Mais rêver, seule ou à deux, ce n'est toujours pas être dans le vrai.

Je regarde mon amie avec étonnement, cligne des yeux comme si je me réveillais. Annie sourit déjà. Elle balance la tête d'un air entendu quand je dis,

– Mais Zia, tu sais bien que je me fiche totalement du monde réel. Je pensais qu'Ève aussi. Et qu'on était tacitement d'accord pour écrire ensemble notre histoire.

– Le prix Pulitzer a dû être une sacrée rature alors, conclut Zia.

## Ève

Je me suis longtemps demandé à quel point tout cela était prémédité. Le roman de Fred. Sa disparition. Rien n'annonçait cette fin. Fred avait quarante ans, pas de maladie grave. Mais il était prévu que j'hérite du manuscrit originel, si j'en crois ce qui s'est produit après la publication.

J'ai appris la mort de Fred quelques mois seulement avant d'être confrontée à l'existence du livre.

Le pire fut de l'apprendre de la bouche du mari. « L'ami indéfectible », « son meilleur soutien », « l'âme-frère », et j'en passe. Je n'ai pas su trouver les paroles adéquates pour le consoler lui, de la déflagration qui laissait dans sa vie un vide bien plus concret, matériel et tangible que dans mon existence. Ils avaient vécu ensemble durant quinze ans, après avoir fait une partie de leurs études dans la même fac de philo, partagé un lieu de vie, une bibliothèque, et même leurs vêtements. Ils n'avaient pas d'enfants mais ils étaient au centre d'un même cercle d'amis et d'anciens étudiants qu'ils appelaient *la famille*. J'en faisais partie aussi, même si cette place à part que j'avais réclamée si fort dans le cœur de Fred me donnait un statut un peu particulier. Je ne les fréquentais plus depuis que Fred avait voulu *prendre de la distance* avec notre histoire, pour *mieux se retrouver*. Comme je l'ai haïe pour ces phrases médiocres, si peu dignes de sa plume et de toute sa personne. Aurait-elle voulu détruire son propre piédestal qu'elle n'aurait pas mieux fait.

Mais comment venir à bout du manque animal, organique, assassin, qui me vrillait le corps, la paume des mains, et jusqu'à mes narines qui cherchaient son odeur dans mes draps aigres de n'être pas lavés depuis la dernière nuit ensemble. Et cette autre question qui m'a hantée longtemps : comment sait-on qu'une nuit est la dernière passée avec l'être aimée, cette jouissance la dernière partagée avec elle, de même que ce baiser ?

Elle ne m'a pas laissé la possibilité d'un deuil. Elle n'a pas prévenu. Je n'ai pu supplier, pleurer, ni dire des mots blessants. Pas d'objet à casser, parce que rien à lui rendre. Fred ne laissait de vide qu'au centre de mon corps, c'était cela le pire. Le peu de traces palpables qu'elle laissait dans ma vie. Même pas une brosse à dents. Elle empruntait la mienne quand elle dormait chez moi, dans le lit trop étroit de ma chambre d'étudiante. J'ai mis le lieu à sac une nuit que j'avais trop bu et trop fumé, fouillant les recoins et le fond des tiroirs pour réunir ce qui venait d'elle, ou lui appartenait : une vingtaine de livres, un flacon de parfum, une de ses chemises blanches. J'ai laissé les livres sur mes étagères, mais roulé la chemise en boule autour du flacon de verre, pour les remiser au fond d'un placard. Ils y étaient depuis plusieurs semaines lorsque je suis partie en week-end à la campagne dans le Limousin avec des camarades d'école de journalisme pour tenter d'oublier, me *changer les idées* comme disent les gens (comme si on pouvait contrôler le flux des pensées qui vous envahissent toute, quand le manque est criant au point qu'on n'habite plus vraiment l'instant présent). C'est lors de ce week-end que « l'âme-frère » m'a appelée sur mon portable pour me dire d'une voix grave, étranglée : *Fred… elle est partie.*

D'abord, j'ai eu un bug. Mon cerveau s'est figé. Je n'ai pas voulu comprendre.

*Je sais, Ducon*, j'ai failli lui répondre. *Je suis bien au courant. J'ai failli en crever, j'ai établi cent fois mentalement la liste des ponts de Paris d'où je pourrais me jeter.*

Et puis le sens du mot s'est imposé à moi. Un souffle d'explosion qui m'a laissée inerte, figée de l'intérieur.

Partie.

Partie comme on dit morte – quand on ne veut pas le dire.

Partie comme dans Jamais on ne la reverra, même pas par hasard.

L'appel fut des plus brefs. Il a juste ajouté qu'il lui semblait mieux que j'apprenne cela de la bouche d'un proche plutôt que par les journaux, ses confrères journalistes s'apprêtant sans doute à publiciser leur perte.

*De la bouche d'un proche.* Aucun de nous deux n'a commenté le fait que j'avais été exclue de leur cercle six semaines plus tôt, ni les raisons pour lesquelles

Fred m'avait mise à distance. Officiellement j'avais été sa protégée, future journaliste, et elle mon mentor. Personne n'osait user du mot de pygmalion, quand tout le monde se doutait. Aucun mot vrai, jamais, n'a été prononcé, par elle ou par lui, sur cette relation. Et moi je me taisais pour ne pas perdre Fred. Que j'ai perdue quand même.

La première pensée, atroce, qui m'est venue, celle d'avoir fait quelque chose de totalement irrémédiable quelques semaines plus tôt. Une chose que je regrette encore. Dans la colère et la douleur de cette mise à distance forcée, j'avais effacé tous ses messages vocaux, conservés jusque-là sur le répondeur de mon téléphone pour le plaisir d'écouter, quand elle me manquait, sa voix basse et fêlée. Quand on fait ce genre de choses, on n'imagine pas que ces pistes audio sont les seules traces sonores qui pourraient subsister de la personne qu'on aime. On efface comme on brûle des lettres, des photos, comme on hurle *Je te hais*. J'ai eu l'impression d'avoir détruit la mémoire de notre histoire avec celle de sa voix, bien plus qu'en refusant de lire le manuscrit que j'ai reçu dans une grande enveloppe, quelque temps après avoir lu la version trouvée en librairie. Sa voix, sa voix réelle, spontanée et vibrante, les messages triviaux et parfois niaiseux qu'on laisse au téléphone, sont bien plus concrets, sincères et véridiques que les centaines de pages qu'on a préméditées, relues et remaniées pour en faire un récit que d'autres pourront lire.

Il fait complètement nuit, mon téléphone laissé sur silencieux depuis que je l'ai rallumé afin d'appeler le

Samu social pour Élise, clignote de dizaines de messages que je ne me résous pas encore à consulter. La tisane a refroidi. L'anis étoilé flotte maintenant dans une eau à peine tiède, qui apaise ma gorge. J'ai encore trop fumé. L'appartement est calme. C'est une chance je crois que mes fils soient absents. Je n'aurais pas le courage de jouer un de ces rôles dont je connais par cœur toutes les variations. La mère responsable, qui accueille ses ados de retour de vacances, demande gaiement comment ça s'est passé le séjour chez papa, leur prépare le repas. La journaliste pro qui vérifie toujours twitter et ses mails de boulot une toute dernière fois avant de se coucher, répond aux plus urgents, même passé minuit.

Qu'on me laisse tranquille.

Pour la première fois, depuis très longtemps, je suis simplement là, assise dans ma cuisine, et je ne fais rien. Absolument rien.

Et puis, sans que je l'aie prémédité, mon corps se met en mouvement. Ma main pose la tisane sur la table vernie, attrape la clé du coffre laissée sur le buffet, appuie sur l'interrupteur du couloir, puis sur celui de la chambre du fond. Elle ouvre le placard, insère la clé dans le cadenas du coffre de bois sombre, aux coins d'étain poli. Un coffre que j'avais chiné dans une brocante un dimanche avec Fred, un joli petit meuble qu'elle m'avait offert *pour y enfermer tes secrets*.

Le manuscrit m'attend. J'ai la nuit devant moi.

Je m'assieds au sol et je commence à lire.

## Jenny

La fente verticale de son œil.

Je ne dois pas être éveillée depuis une seconde quand je claque la porte de la chambre. Je cours dans la salle de bains, traîne le panier de linge sale derrière moi, répands des sous-vêtements et des t-shirts, que je tasse par terre bien qu'il n'y ait pas un seul centimètre de jour sous la porte, on ne sait pas de quoi ces créatures sont capables – et s'il arrivait à ouvrir la porte ? Son œil jaune était intelligent – et s'il s'enroulait autour de la poignée pour ouvrir très simplement la porte ? Mon téléphone est resté dans la chambre. Les pompiers ! J'habite à cent mètres de la caserne. Je suis en t-shirt, cul nu, l'armoire est dans la chambre mais je trouve dans le linge étalé autour du panier renversé le short encore humide de ma course à pied d'hier, l'enfile ainsi que des baskets, sans chaussettes, et me précipite vers le rond-point au bout de la rue sans fermer la porte de la maison derrière moi.

Je ris tellement fort que je n'entends plus rien. J'ai bu la moitié d'une bouteille, un malbec, très bon – *puissant et corsé*, dit l'étiquette, c'est bien ça. Annie mime ce à quoi les pompiers ont dû assister cette nuit : le haut de mon corps collé à la vitre par laquelle on peut voir, depuis la rue, l'ordinateur toujours allumé du standard. Elle imite la joue écrasée contre le verre, les yeux ronds et la bouche qui articule de longues syllabes inaudibles depuis l'intérieur. Zia claque des doigts comme elle a appris à le faire dans sa vie martiniquaise, on dirait qu'elle n'a pas de phalanges, juste des petites billes sous les ongles qui s'entrechoquent quand elle secoue la main et elle rit tellement qu'on la croirait sur un cheval à bascule.

– Un boa constrictor ? a dit l'un des pompiers.

Un autre a quitté la pièce. Soudain, il m'a semblé curieux d'avoir une image aussi nette de ce long corps luisant, marbré, étendu de tout son long de l'autre côté du lit – le côté de l'Évaporée – alors que j'avais bondi hors de la couette avant d'être tout à fait réveillée. Avais-je rêvé ? Ce n'était pas impossible : après tout, c'est le serpent qui convainc Ève de croquer le fruit défendu, mon cerveau a déjà prouvé sa capacité à produire des effets spéciaux plus grossiers pour me torturer. Dans ma tête, Adrianne Lenker chantait l'histoire du fruit défendu, raillant Adam quand il dit d'Ève,

*She has the poison inside her*

*She talks to snakes and they guide her*

– Ce sont des choses qui arrivent, a dit le pompier.

Malgré le ton réconfortant qu'il avait employé, l'information ne me rassurait pas. J'ai couiné un timide *Ah bon ?*

– Vous dormez la fenêtre ouverte, a-t-il ajouté comme s'il avait percé à jour un comportement asocial.

– Il se trouve que j'aime bien l'air, ai-je répondu, agacée par ses intonations paternalistes, et jamais je ne m'étais réveillée auprès d'un invité surprise.

Son collègue est revenu avec un grand sac et un crochet à long manche. Ça m'a rappelé les théâtres de marionnettes dans les jardins publics à l'ancienne. Ils ont parlé de quelque chose que je n'ai pas compris, dans l'état d'anxiété où je me trouvais ; je ne savais même pas si ça concernait le serpent.

– On pourrait peut-être y aller avant qu'il ne disparaisse dans la nature ? Je ne suis pas sûre qu'il attende sagement mon retour.

– On y va, madame, a répondu d'une voix lénifiante le pompier au crochet.

J'avais l'impression de vouloir passer des 33-tours sur une platine de 45-tours, et que les mélodies résistaient à ma brutalité. Je me suis adoucie.

– Je crois qu'il essayait de me mesurer.

Les deux pompiers ont ri comme si je venais de leur demander quelle était la différence entre un tampon hygiénique et le téléphone rose. L'un des deux a déclaré que ça faisait longtemps et l'autre a daigné m'expliquer :

– C'est une légende urbaine, madame. Un boa ne mesure pas ses proies en s'étendant à côté d'elles. Un serpent n'a pas besoin de ça pour jauger la taille de ses proies, heureusement pour lui d'ailleurs, parce que ça leur laisserait le temps de s'enfuir et il aurait sacrément faim.

Zia claque des doigts.

– C'est comme les mygales dans les régimes de bananes ?

Je hoche la tête.

– Je ne peux pourtant pas arrêter de dormir avec la fenêtre ouverte.

– Les probabilités que tu te réveilles un jour auprès d'un boa dans ta petite ville étaient presque nulles, alors les probabilités que ça se reproduise…

– Sauf si un habitant du quartier a un vivarium, quelqu'un d'un peu négligent, distrait ou désaxé. Mais je ne renoncerai pas, je ne fermerai pas ma fenêtre.

Puis j'en viens au fait et, comme je le craignais, l'expression de Zia se mue en lassitude. Annie la consulte du coin de l'œil, sans doute craint-elle que sa compagne ne soit trop dure quand elle me répondra.

– Je ne parle pas seulement du lien entre Ève et le serpent, vous savez que je ne suis pas très Bible, mais il se trouve que le premier de mes romans qu'elle a lu, celui que je lui ai offert le jour de notre rencontre, était *Des constrictions*. Vous vous rappelez la couv ?

– Tu nous refais ton syndrome de je ne sais quoi ?

– D'apophénie ? Je ne sais pas. Mais ce serpent s'étend de tout son long auprès de moi et j'apprends que ce n'est pas pour me mesurer en vue de me manger, ce dont je conclus que le long silence d'Ève ne vise pas à me détruire. Elle doit avoir un problème, je ne sais de quelle nature, et je dois lui laisser le temps de le régler, je dois lui faire confiance.

– On l'a perdue, diagnostique Zia.

– Tu penses que le serpent est venu te délivrer un message ? reformule Annie.

– Pas le serpent, la circonstance.

– Les circonstances ne délivrent pas de messages, Jenny, reprend Zia. Au mieux, elles sont des révélateurs que tu choisis de saisir pour analyser ta situation sous un jour nouveau, mais cette interprétation n'existe que pour toi, elle ne vaut que dans ton système de pensée. Tu peux éventuellement tirer des conclusions intéressantes de ces correspondances que tu tisses entre les choses mais ces coïncidences restent des constructions de ton esprit.

– Je n'ai jamais dit le contraire. Enfin, vous me connaissez, je ne fais pas de sorties de corps. Je ne suis pas forcément la personne la plus rationnelle de…

– Non, on ne peut pas dire ça.

– Mais tout de même, je ne suis pas plus New Age que Bible, j'ai… mes propres lexiques pour décrypter le monde.

– Super. Et donc le monde t'envoie un serpent pour te dire d'attendre gentiment une meuf qui écrit un futur Pulitzer.

Nous éclatons toutes trois de rire et je change de sujet, pour ne pas laisser l'incrédulité de mon amie saboter l'espoir que j'ai tiré d'un événement dont des esprits plus terre à terre seraient tout juste sortis traumatisés ; je ne demande pas de reconnaissance pour la force de ma résilience mais je ne laisserai personne, quelles que soient ses intentions, démonter les petits bricolages mentaux qui, aussi curieux que ça puisse paraître, assurent ma santé mentale. Aux mêmes fins, d'autres s'inventent des dieux, des dogmes, des grandes causes, et personne ne trouve ça choquant parce que l'invention est collective. Aussi je reste dans ma tête, toute seule, et je change de sujet.

– Et cette cabane ? je demande.

Mes amies viennent d'acheter une maisonnette dans le petit village de montagne où la famille de Zia possède quelques biens ; elles l'appellent *la cabane*. La fenêtre de la cuisine donne sur la forêt, une vraie forêt qui s'étend sur des dizaines de kilomètres ; un héron cendré mettrait trois quarts d'heure pour voler de chez elles au lac Léman. Je ne dis rien des projets que j'avais faits avec l'Évaporée pour cet été, des itinéraires que j'avais imaginés pour nos promenades, avec baignade dans tel ou tel lac cerné de sapins séculaires avant le genre de pique-nique dont nous aimions particulièrement le dessert capiteux. Nous n'aurions eu pour témoins que des renards, des chamois et des faucons pèlerins.

Elles me décrivent les murs lambrissés, le muret à hauteur de taille qui sépare la pièce à vivre de la chambre et l'ancien salon de lecture, où je dormirai lors de mes séjours. Tous les biens de l'ancien propriétaire sont restés intacts : un cahier ouvert sur le secrétaire, un stylo-bille couché en travers de la page entamée ; de la vaisselle mise à sécher à côté de l'évier, une tasse rustique tête en bas ; des pamphlets anarchistes et une vieille pipe dans un cendrier, près de la bibliothèque. Seuls ses vêtements ont suivi celui qui vivait là quand on l'a conduit à la maison de retraite médicalisée où il allait s'éteindre.

Mon nez commence à piquer, je déclare que j'ai trop bu, qu'il est temps pour moi d'aller me coucher. Je change les draps en attendant le message de mes amies m'assurant qu'elles sont bien arrivées chez elles. Tout le monde changerait-il sa housse de couette après qu'un boa constrictor s'y est couché ? Est-ce la chose à faire ? Mon nez ne pique plus, de nouveau je ris aux éclats, je ne sais pas si c'est de me poser des questions pareilles ou d'avoir vécu cette incroyable aventure ou d'entendre de nouveau le cri étonnamment aigu du pompier quand il est sorti de ma chambre et que j'ai serré son bras un peu trop fort en devinant à travers la toile du sac combien le boa se débattait.

Une fois reçu le message d'Annie et Zia, j'éteins mon téléphone, me couche dans des draps frais à l'odeur de lessive. Cependant, mes yeux restent grands ouverts dans l'obscurité ; je tourne la tête lentement vers ma gauche pour vérifier qu'aucun hôte indésirable ne s'y trouve et soudain, je repense à la phrase que j'ai prononcée tant de fois au cours d'interviews et plus récemment chez delodelair : *Le serpent étendu sur cette couverture comme pour mesurer la proie qu'il convoite*. La honte embrase instantanément mes oreilles et je me demande combien de personnes ont ri en m'entendant prononcer ces mots du ton de celle qui sait. Je ne sais rien, je ne devrais parler de rien, ne rien écrire que je n'aie vérifié sept fois. Je m'insurge volontiers contre les approximations de l'ère numérique mais mon discours est tout aussi pétri d'erreurs, de créances et d'inexactitudes, même si je ne les pêche pas sur les réseaux sociaux. Pauvre fille. Cette prise de conscience, je le crains, nuira bien plus à mon sommeil que le traumatisme du serpent.

## Ève

Il y a quelque chose de très vertigineux à retrouver celle qu'on a été à vingt ans, follement amoureuse, à travers le regard de la personne aimée, qui vous a recréée, réécrite, rendue autre. Je prends ma respiration comme pour sauter d'un pont jusque dans l'eau glacée sans savoir quelle roche risque de déchirer ma chair, sous la surface.

Le coffre est grand ouvert au milieu du tapis, les pages étalées autour de moi. J'en prends une au hasard :

*À la pliure des coudes, des genoux, des aisselles, de l'aine, on sentait la chaleur de cette après-midi suintante. Éva avait enlevé son pull, ses baskets, se penchait par la fenêtre du train. « Je ne suis encore jamais allée à la Baule », disait-elle avec enthousiasme. Les mains poisseuses de sueur, elle tentait en vain d'ouvrir une bouteille de soda, se débattait avec le sac plastique du pique-nique, ses cheveux bouclaient hors du chignon qu'elle avait relevé au sommet de sa tête, pour dégager sa nuque, se rafraîchir un peu. Éva avait cette aptitude à vivre, à se réjouir de tout. Une facilité pour les plaisirs de chair. D'un regard un peu fixe, on pouvait lui faire monter la chaleur jusqu'au front, et entrouvrir la bouche en attente d'un baiser. Cette peau offerte avec désinvolture donnait envie de mordre. Elle guettait les moments où, à la dérobée, on pourrait se toucher. Je souriais de son agitation, de sa folle énergie, de sa jeunesse qui contaminaient cette après-midi de voyage et donnaient à la scène quelque chose d'électrique.*

*Elle s'est enfin rassise, après s'être extasiée sur le paysage, sentant l'odeur de mer qui, par vagues salines, commençait d'arriver. Elle m'a vue l'observer, ses yeux se sont plissés dans une de ces moues que je lui connaissais. Il y avait quelque chose d'éminemment sexuel dans sa manière d'être, de bouger devant moi. La tête un peu penchée, je l'ai sentie hésiter, prendre une inspiration, comme ferait un plongeur du haut de son quinze mètres. Elle a eu ce sourire, sa lèvre inférieure mordue par les canines, les narines palpitantes. Et puis elle s'est lancée.*

*Elle s'est levée d'un bond et a fermé les rideaux gris opaques de ce compartiment où nous étions seules. Elle s'est agenouillée aussitôt devant moi, jambes nues sur le sol de lino gris du train. A glissé ses mains moites le long de mes hanches pour m'attraper la taille, me faisant basculer en arrière sur mon siège. « Pas de ça ici, jeune fille », lui ai-je répondu. Fronçant les sourcils, le visage empourpré, elle s'est relevée. A déboutonné son short, descendu sa culotte d'un seul geste, les a envoyés valser derrière elle, s'est assise jambes écartées sur la banquette face à moi. Elle a mouillé ses doigts de salive, avant de les glisser sur sa vulve, et s'est fait jouir devant moi.*

*Éva était ainsi. Elle prenait ce qu'on ne lui donnait pas.*

Le passage entier est parcouru de larges ratures. Et je ne me rappelle pas l'avoir lu à l'époque, dans la version parue en librairie. Cela ne fait écho à aucune des pages qui sont comme scarifiées au creux de ma mémoire, dont je sens le relief bien des années après.

J'étale autour de moi le reste du manuscrit, et vois que d'autres pages sont ainsi raturées. Toutes ou presque, racontent le plus cru du désir, mes gestes les plus osés. La dimension charnelle de notre histoire, celle qui me liait à Fred le plus concrètement, a été expurgée à la publication.

Ainsi le premier livre que Fred m'avait offert était une prédiction : *Thérèse et Isabelle*, le tout premier roman de Violette Leduc, décrit l'incandescence d'un amour de jeunesse. L'éditeur de l'époque en avait mutilé les bourgeons indécents.

## Jenny

Je ressens un profond bien-être chaque fois que je remonte du jardin, le dos un peu douloureux certes, mais les muscles des bras chauds, de la boue séchée sur les genoux et, dans le ventre, cette sensation du devoir accompli que je n'aurais jamais soupçonnée avant de mettre pour la première fois le pied sur le fer d'une bêche et de découvrir que la terre résiste, qu'elle ne se laisse pas fendre comme une motte de margarine mais lui oppose son opacité. Dès lors que j'ai livré des graines, des bulbes et des germes à cette terre, j'ai la responsabilité de leur croissance, de leur épanouissement, de leur survie face aux éléments hostiles – intempéries, sécheresse et parasites. Quand j'en ai fini pour la journée, que la terre est propre, les pousses justement abreuvées à l'abri de tous assauts, je bois de l'eau filtrée au goulot de ma gourde en regardant mon œuvre depuis la fenêtre de la cuisine et je me sens forte, courageuse et responsable. L'Évaporée souriait quand je lui décrivais la sensation d'avoir une carrure de nageuse après avoir bêché ; elle caressait doucement mes épaules comme si elles étaient en porcelaine, parfois les mordait, quel délice.

Elle trouverait pathétique de me voir sourire à des pommes de terre, de me voir fière de ces buttes régulières et de ces belles feuilles grasses, vigoureuses, nourries de mon compost. Elle a des satisfactions plus glamour que les miennes. Je revois les photos de son bureau, immense, une salle de réunion pour elle seule quand beaucoup de ses collègues se partagent un open space. Je n'ai jamais osé lui demander pourquoi un tel traitement de faveur, de peur qu'elle ne me lance un regard condescendant.

Je me méfie de ma propre ignorance depuis que, dans un festival, j'ai pris le petit déjeuner avec une comédienne dont j'avais découvert l'existence la veille et lui ai demandé si elle était intermittente du spectacle ; elle a laissé son thé en suspens, perplexe, puis a répondu très simplement qu'elle avait la chance de ne pas en avoir besoin, surtout depuis qu'elle était une égérie de L'Oréal. Je ne connaissais pas davantage ce statut que la comédienne mais quand j'ai dit son nom à ma mère, au téléphone, elle a poussé des cris ; la jeune femme avait fait la une du magazine *Elle* quelques semaines plus tôt. N'étant pas plus au fait des hiérarchies et privilèges en cours dans le milieu du journalisme que je ne le suis des grandes figures du théâtre français, je me suis toujours contentée d'écouter attentivement l'Évaporée pour éviter de lui infliger le genre de questions naïves que me posent souvent les collégiens lors de mes interventions scolaires (*Est-ce que vous êtes connue ? Est-ce que vous connaissez des écrivains célèbres ?*), de surligner dans mon esprit telle phrase qui, combinée à telle autre, relevée la semaine précédente, m'amènerait à une représentation un peu moins floue de son travail et de sa stature dans le métier.

Je revois le bureau vitré si prestigieux d'Ève et me dis qu'au fond, elle n'est pas tant l'Ève de la pomme que celle de Mankiewicz, la protégée de Bette Davis qui se sert de sa bienfaitrice comme d'un marchepied pour accéder à la tête d'affiche et la détruit après usage, sans émotion ni regret, sans affect d'aucune sorte. Ève a-t-elle vu *All About Eve* ? Elle devait trouver mes contentements si médiocres au regard de l'éblouissante parution que lui prédisait son rédacteur en chef. Elle m'avait d'abord prise pour une – comment disait-elle ? une *stakhanoviste*, je l'avais détrompée, déconcertée par un tel malentendu. Par la suite, elle avait dû s'apercevoir qu'en effet, je ne visais pas la gloire littéraire et n'abordais pas l'écriture différemment du jardinage : avec amour, modestie et une honnêteté surannée. Quelle déception j'ai dû être. Quelle paysanne mal dégrossie elle devait voir en moi.

Il me semble avoir écrit quelque chose à ce sujet, dans le journal de l'absolu. Quelque chose que je n'aurais certainement pas fait lire à mes amies, l'autre jour, quand mon but était de leur démontrer le caractère exceptionnel de ma relation avec Ève – ça me prend souvent, les jours pairs ; les jours impairs, ma mémoire est plus sélective. Je frémis pourtant avec le même effroi qu'à l'aube de l'ultime évaporation quand je m'aperçois, en cherchant le mot *stakhanoviste* dans le fichier, que je l'ai cité dans les toutes dernières pages. Celles que j'ai écrites juste avant son départ. J'étais si loin d'imaginer que je ne la reverrais jamais, j'étais sa fiancée.

Je me décide à relire ces pages, pour la première fois, debout derrière ma chaise de bureau, de la terre sous les ongles, je revis ce stupide incident que nous devrions avoir oublié depuis longtemps.

Ce soir, ma fiancée n'a pas faim. Je lui fais remarquer sa perte de poids récente et elle me dit qu'à Paris, elle n'a plus le temps de manger, le midi, depuis qu'elle a retrouvé le sens de son travail grâce à la promesse d'un prix Pulitzer et qu'elle ne s'en laisse plus divertir par le désir d'être auprès de moi. Mais je ne dois pas m'inquiéter, ajoute-t-elle : ce n'est pas comme si elle ne mangeait rien du tout, elle se fait une soupe lyophilisée. Elle ajoute que c'est bien assez, avec toutes les réserves qu'elle a. En une phrase, elle me rappelle ainsi la diversité des embûches qui minent notre absolu. Nous opposent :

1. Notre rapport au corps. Ma gourmandise opposée à sa tempérance exprimée avec tempérance : *Je ne mange que ce que mon corps réclame*, dit-elle souvent. Par ailleurs, ma fiancée a ceci de remarquable sur le plan médical que son poids idéal se situe sous son IMC – ce qu'elle m'a récemment révélé quand je lui ai répété pour la treizième fois qu'il pouvait être blessant d'entendre une femme qui fait la moitié de

votre poids dire qu'elle se sent énorme et de la voir se palper l'abdomen après le troisième bâtonnet de carotte. *Mais je ne cours pas quatre-vingts kilomètres par semaine, moi*, me répond-elle rituellement ; *d'ailleurs*, a-t-elle ajouté l'autre jour, *mon poids idéal* etc. et son esprit est si déformé par ce complexe étonnant, eu égard à sa maigreur (il faut dire *minceur*), qu'il n'est pas question de lui faire entendre, malgré son indéniable et même intimidante intelligence, l'absurdité de l'argument.

2. Notre rapport au travail – j'ai déjà, par le passé, rejeté l'étiquette de stakhanoviste que ma fiancée voulait me coller, au motif légitime qu'à travers mon immersion totale et perpétuelle dans mes fictions, je ne visais ni la fortune – je m'y prendrais autrement – ni la reconnaissance sociale – non que je sois une bouddhiste accomplie mais il n'y a personne que j'admire assez en ce monde pour souhaiter briller à ses yeux – mais au contraire l'oubli des réalités dans lesquelles je suis censée m'inscrire en tant qu'animal social défaillant.

3. Notre rapport à l'absolu, le sien s'avérant paradoxalement relatif, sinon soluble dans la réussite. *Je ne suis pas à la hauteur de tes attentes* est la phrase que ma fiancée brandit spontanément dès que je tente d'aborder le sujet de ma rétrogradation. Cette phrase chatouille mes terminaisons nerveuses comme la flamme taquine la mèche. Car l'absolu n'est pas un linge mou suspendu au bouton d'un radiateur mais une explosion visible à des kilomètres. Du moins,

mon absolu. Le sien, qui l'est moins, s'exprime aussi très différemment : déguisé en tout à fait autre chose que l'absolu ; en quelque chose qui ressemblerait étrangement à du mépris.

Moi que l'on a humiliée de mille façons, j'ai toujours prestement pardonné leurs violences à mes tortionnaires car j'estimais de mon devoir de comprendre que l'on pût chier formidablement, voire croyais mériter tout mauvais traitement qui pourrait m'être infligé pour punition immanente, pourrait-on dire, de ma nature volcanique. Cependant, il est deux choses avec lesquelles je n'ai jamais su composer : la diffamation et le silence. La diffamation survient toujours après le générique de fin et je la laisse faire ses métastases sans même tenter d'y mettre bon ordre, me contentant de souhaiter bien des choses déplaisantes, sinon fatales, à mes calomniatrices. Mais ce petit silence têtu, mesquin, vaniteux, dès lors qu'il émane de celle qui dit m'aimer, me terrasse à tous les coups. Quelle malchance ! car il se trouve que c'est précisément de ce silence que ma fiancée ressent l'incompressible besoin quand elle est en colère, comme je l'ai découvert il y a quelques mois, après qu'elle m'avait laissée plusieurs jours sans nouvelles tandis que je continuais de l'interroger (qu'avais-je fait de si grave, m'aimait-elle encore et tant de pourquoi sans réponse) puis de l'implorer, de la menacer, mon hystérie redoublant à mesure que son silence s'opacifiait car l'hystérie ne partage pas les propriétés de la flamme que l'on enferme sous cloche.

Ce soir, je garde pour moi les conclusions que je tire de la soupe lyophilisée pour nous épargner une dispute de ce type mais me contente de signaler à ma fiancée qu'elle a un problème avec l'alimentation. Elle coupe court en déclarant qu'elle n'y peut rien, ça vient de son enfance ; j'objecte que, si tous les hominidés depuis l'avènement d'homo sapiens étaient restés cadenassés aux acquis de leur enfance, il n'y aurait jamais eu sur cette planète d'homosexuels ni de végétaliens ni de – mais je n'ai pas le temps de finir ma phrase car ma fiancée tranche que nul n'est aussi parfait que moi, ensuite de quoi elle descend fumer dans le jardin et j'en profite pour me taper en vitesse un sandwich de trois cents grammes parce que, moi, j'ai très faim et que je n'éprouve aucun plaisir à m'alimenter sous le regard d'un pur esprit.

Du moins ma fiancée ne pourra-t-elle pas miser sur le silence pour oblitérer mes questions, cette fois, sauf à monter dans sa petite auto et à prendre la route de nuit, ce dont elle a horreur : je ne devrais pas avoir à souffrir de ses interminables bouderies (qu'il ne faut en aucun cas, sacrilège, désigner ainsi) mais qui sait ce qui les remplacera ?

Je me pose cette question tandis que j'avale seule, trop vite et sans plaisir, mon pain tartiné de faux-mage maison et de végétranches aux pistaches. J'espère que la cigarette aura tassé la mauvaise humeur de ma fiancée mais, au retour du jardin, elle ne s'arrête pas au rez-de-chaussée pour s'asseoir à califourchon sur moi comme elle le fait habituellement, soldant notre friction dans une nuée de baisers qui nous mènerait in fine jusqu'au lit, mais poursuit son ascension vers la salle de bains sans m'accorder un regard et ce n'est pas seulement pour mettre un peu de dentifrice entre son exutoire et les voluptés qui nous attendent mais pour aller se coucher, alors je n'ose pas monter.

Ces pages sont des brindilles dont j'essaie de tirer par giration l'étincelle qui me réchauffera en prévision de l'iceberg auquel je vais bientôt coller mon corps gluant d'amour éperdu parce que je suis conne.

Quand j'écrivais cette conclusion, je n'imaginais pas que, cette fois, son silence serait assez profond pour étouffer ma pyrotechnie la plus tapageuse. Je ris de la bêtise qui a tout déclenché, m'aperçois que je pleure en même temps quand je sens une bulle éclater au seuil de ma narine gauche. L'amour de ma vie a trébuché sur une soupe lyophilisée, je dis d'une voix enjouée, pour m'obliger à rire encore.

## Ève

Les mots lus ce matin dansent encore dans ma tête. Les mots de Fred sur ces pages dans mon sac, qui bat sur ma hanche, tandis que je remonte le boulevard Saint-Jacques. Ces nombreuses pages raturées, celles que je n'avais jamais lues avant la nuit dernière. Il me reste trois jours avant que mes fils reviennent de chez leur père. J'ai compté cela hier en rallumant mon téléphone afin d'appeler le 115 pour Élise. La femme endormie sur mon palier au si joli prénom, elle n'est pas revenue. Je la guette malgré moi quand je fume au balcon, scrutant le boulevard.

Tout en marchant je pense au coffre ouvert, qui crache ses secrets dans la chambre du fond de mon appartement. Coffre déverrouillé car j'ai trouvé la clé. Clé que j'ai retrouvée par un de ces hasards qu'on imagine mal être une coïncidence. Le téléphone clignotait, ses signaux lumineux me rappelaient à l'ordre. Deux articles à finir, dont celui qui pourrait bien me valoir un prix. Le prénom de Jenny ne s'affiche plus depuis des semaines, ses messages et appels se sont espacés pour devenir silence, symétrique au mien.

Comment lui expliquer. *Tu as écrit sur moi.* En me dépossédant de celle que je suis. C'est la deuxième fois que cela se produit, à l'aune d'une vie c'est déjà beaucoup trop. Car celle que tu vois, dont j'ai lu le portrait sur l'écran lumineux de ton ordinateur, est ta création. En partant dans la nuit, j'ai simplement soustrait la matière vivante, agissante et parlante qui servait de support à tes projections.

*On ne peut pas s'empêcher de donner du sens au monde qui nous entoure. Et pour donner du sens au monde qui nous entoure, on se raconte des histoires.*

Cette phrase qui m'a marquée est d'une réalisatrice entendue en conférence à Reims avec Jenny, un jour où je l'avais traînée à une *conférence Ted* auquel je voulais absolument assister.

Fred me disait souvent *on se raconte des histoires.* Lorsqu'on imaginait une vie où je serais sa compagne, son amour au grand jour. Pas l'Amante qu'on déguise sans cesse en Invitée. Jenny elle, me voulait comme compagne de vie. Elle m'a même (j'ai ri, puis j'ai sauté de joie) demandée en mariage. Nous étions comme deux gosses, fiévreuses, surexcitées. Elle, qui a toujours décrié l'officialisation des unions par l'État ou l'Église comme un « arrangement bourgeois », elle voulait m'épouser.

Je me demande quelles histoires Jenny raconte et se raconte au sujet de ma disparition. C'était une évasion, j'ai agi dans l'urgence et sans réfléchir. Je me sentais en danger. Et c'est à Fred que j'ai pensé sans cesse, beaucoup plus qu'à Jenny, les semaines suivantes. J'ai compris alors que j'avais été prise par une peur viscérale qu'elle m'avale entière avec ses mots. De me trouver vidée de ma propre substance une deuxième fois, dans le récit d'une autre. Mon histoire m'appartient, c'est à moi de lui donner sens et d'en faire le récit.

Mais je ne sais pas encore ce que je vais pouvoir raconter et me raconter lorsqu'il deviendra clair pour mes deux fils que Jenny n'est plus dans ma vie. Peut-être que je ne suis pas encore prête à prononcer le mot de *rupture* car quelque chose en moi résiste à accepter l'idée que nous ne sommes plus ensemble. Oui, je suis partie. Mais je délaie. Le temps de l'explication. J'éloigne. Le moment de révéler à Jenny la raison du départ, brutal, inopiné. C'est que, pour comprendre vraiment, il lui faudrait connaître le vrai point de départ de la narration, plus de vingt ans avant notre rencontre – et même avant cela, lorsque j'avais huit ans. Je pourrais commencer ainsi, en lui écrivant *tu sais, certaines fins ne peuvent s'expliquer par ce qui s'est passé dans l'histoire elle-même, il faut aller chercher leurs racines bien plus loin, en amont, dans un temps plus ancien, une sous-couche argileuse, une terre oubliée, sèche et pleine de fossiles. Il va falloir creuser bien plus profond, mon amour, que tu ne l'aurais cru, et que je ne le voudrais.*

Je disais *mon amour* à Jenny. C'était la première fois que j'osais appeler ainsi une femme que j'aime. Elle n'en saisissait pas, je crois, toute l'ampleur ni le cérémonieux qui roulaient dans ma bouche et emplissaient ces mots, qu'elle employait elle-même avec un naturel qui m'était étranger. *Tu es mon évidence*, me disait-elle souvent.

Mille fois j'ai été tentée de la rappeler. Lui demander pardon, lui dire *reprends-moi, je suis folle. J'ai besoin de tes bras.* Mais elle voudra savoir. Pourquoi je suis partie. Il me faudra alors lui parler de mon enfance, et de moi à vingt ans. Il viendra un moment où j'en serai capable. Mais il me faut d'abord dénouer l'écheveau des fils de ma vie.

Je vois au flux des jours et des pages que j'écris peu à peu se former des lignes qui dessinent comme un dénouement. Quand mon récit sera écrit et démêlé, je pourrai le lui faire lire et lui rendre le sens. J'apporterai mon cahier. Elle me laissera fumer longtemps à sa fenêtre, tandis qu'elle tournera les pages les unes après les autres. Je l'imagine fébrile, impatiente ou heurtée, revenant en arrière, butant sur les phrases parfois presque illisibles, parce que j'écris trop vite. Je connais ses visages et toutes leurs expressions. Ou bien je lui enverrai le cahier par la poste, pour ne pas m'exposer au manque. Il avait pour moi l'évidence de ses bras. C'est un arrachement. Chaque soir depuis ma fuite, je m'endors assommée de cachets, ça fait plus de deux mois. Impossible sinon de trouver le sommeil, à cause d'une petite chose, très concrète et cuisante : l'absence de ses bras. La manière dont elle enroulait une jambe au-dessus de la mienne, calait son bassin contre mes reins, son torse contre mon dos, on dormait ainsi parfaitement imbriquées. Cela me manque tellement que j'en crie en silence, sous le duvet moelleux. Alors, les somnifères et les anxiolytiques. Si nous nous revoyons, son odeur et sa peau, le contact de ses mains, ce sera trop cruel. Si, après m'avoir lue, elle me refuse ses bras ? Et elle aurait raison. Qui donc abandonne sans explications durant plus de deux mois la personne qu'elle aime, après lui avoir dit : *Quels merveilleux moments j'ai passés auprès de toi, aujourd'hui encore : je veux ça tous les jours de la vie* ?

J'ai eu peur de te lire, j'ai préféré la fuite. Tout comme j'ai longtemps craint les pages dans le coffre au fond de mon placard, laissées à l'abandon durant deux décennies. Parce que j'avais lu la version librairie aussitôt après l'avoir vue en vitrine, et que c'était vraiment au-dessus de mes forces que de replonger dans cette histoire, lorsque j'ai reçu le manuscrit quelques mois plus tard, par courrier recommandé dans une grande enveloppe blanche.

Il y avait un mot : *Toutes nos condoléances*, glissé dans l'enveloppe.

Je me rappelle l'avoir regardé sans comprendre. Mon cerveau n'arrivait pas à faire le lien. Le nom de l'éditeur, au dos de la carte où était tracée la phrase, polie, impersonnelle, m'a fait réaliser de quoi il s'agissait. J'ai appelé au standard de la maison d'édition, j'ai demandé qu'on me passe l'éditeur de *L'Amante*.

*C'est moi, l'amante*, ai-je failli dire à la standardiste, dans un rire nerveux. Je ne contrôlais plus le timbre de ma voix. Le monsieur compassé que j'ai eu en ligne après, l'éditeur de Fred, dont la voix résonnait au bout de l'appareil dans des inflexions graves, m'a expliqué alors que c'était une volonté de l'autrice. Elle lui avait confié vouloir faire parvenir la version manuscrite à la personne qui avait inspiré ce roman, il s'en était donc chargé personnellement après le décès, survenu tragiquement quelques mois avant la publication. Décès qui a donné au roman posthume une telle aura tragique qu'il était en vitrine de bien des librairies.

*Nous avons obtenu votre adresse postale de la part du conjoint. Il tenait à ce que vous restiez anonyme, et j'ai dû insister. Les directives de l'auteure étaient claires, elle l'a même fait inscrire dans le contrat d'édition : ce manuscrit originel était pour vous, et devait rester dans mon bureau jusqu'à ce qu'elle me demande de vous le faire parvenir. Je m'en suis donc chargé. Mais j'ai tardé à le faire, je vous prie de m'excuser.*

C'est à ce moment-là que j'ai pensé que Fred avait prémédité sa disparition. J'ai cru durant vingt ans que cet envoi relevait d'une volonté morbide.

Mais je doute, maintenant, du sens que j'ai donné à toute cette histoire. Peut-être voulait-elle que j'aie entre les mains ces pages avant qu'elles ne paraissent à la surface du monde, en version officielle, lissée et expurgée de tout ce qui rendait notre histoire plus réelle, charnelle et passionnée ?

M'a-t-elle imaginée, lisant ces lignes où son écriture se mêle par endroits aux phrases tapées à la machine ? Voulait-elle que je voie, les coupes, les ratures, les passages censurés, tout ce qui restitue sa chair à notre lien ?

Qui a choisi la fin ?

Rien dans ce roman ne laissait présager un passage à l'acte aussi irrémédiable. Absolument rien.

## Jenny

J'inspire et expire profondément. Ce n'est pas un grand oral, juste un apéro dînatoire. Tout ira bien et, quoi qu'il arrive, le vin sera bon. J'ouvre la porte et elles sont là, côte à côte comme si elles posaient pour un portrait de couple à l'ancienne, le tableau *American Gothic* me traverse l'esprit puis la photo de Joe et Cléoma Falcon le jour de leur mariage en 1932 à Lafayette, Louisiane. Mon esprit s'enraye quand j'avise le bouquet de fleurs qu'Élo porte au creux du bras. Je n'ai pas le temps de me faire la leçon, de me dire, *Elles sont mortes, ok ? il n'y a plus rien à faire pour elles, ça ne sert à rien d'être désagréable.*

– Oh les belles dépouilles.

Je plaque la main sur ma bouche, les yeux écarquillés mais pas autant que ceux d'Élo.

– Qu'est-ce que je t'avais dit ? s'esclaffe Del. Je suis sûre que Jenny demande pardon aux légumes qu'elle mange.

– C'est vrai. J'ai envisagé de ne me nourrir que de fruits tombés des arbres, mais ce n'est pas le régime idéal quand on a une santé mentale tributaire de la course à pied.

– Je les laisse dans la voiture ? demande Élo, décontenancée.

– Je préférerais qu'il n'y ait pas de cadavres dans cette maison, j'acquiesce en grimaçant comme si j'étais mon propre enfant capricieux et m'excusais pour son comportement.

Del et moi regardons Élo hésiter à poser le bouquet sur la banquette arrière puis opter pour le coffre. Je calcule qu'il doit y avoir trois ou quatre kilomètres entre nos deux maisons, me demande quel pourcentage de la population locale/française/mondiale trouve normal de prendre une voiture pour parcourir ce type de distance, et si le bouquet de fleurs est la raison pour laquelle mes invitées n'ont pas marché, estimant que ce ne serait pas commode. Je me fais la promesse que, quoi qu'il arrive d'ici leur départ et quel que soit mon état d'ébriété, je ne raconterai pas comment j'ai rapporté mon nouvel aspirateur du supermarché jusqu'ici à vélo. Quand elle nous rejoint, Élo a décidé de la manière dont elle allait gérer cette gêne occasionnée par mes principes et je suis soulagée de l'option qu'elle a retenue. Elle s'excuse pour la maladresse : *Tu as insisté pour t'occuper de tout et j'ai du mal à me présenter chez des hôtes les mains vides.* Je ne réponds pas qu'une plante en pot vivante aurait été heureuse ici et chaque jour fêtée mais invite le couple à entrer.

J'indique le portemanteau dans le couloir, avance vers la cuisine, laissant mes invitées traverser le salon derrière moi. Je sors du réfrigérateur les assiettes que j'ai préparées tout en répondant à leurs questions sur le calme du voisinage. Élo contemple le jardin par la fenêtre et demande si on peut y accéder. C'est au moins la septième personne qui me pose la question : jamais on ne me demande comment y accéder, toujours s'il est possible de le faire mais ce jour n'est pas idéal pour un trait d'humour du type *Non, c'est un jardin factice, juste pour la déco*. Une prochaine fois. Je suggère plutôt que nous nous y installions si elles n'ont pas peur d'avoir froid.

Nous descendons au rez-de-jardin, traversons la salle de bains du bas, Élo m'ouvre les portes selon mes indications de GPS à toute petite échelle tandis que j'avance avec le lourd plateau et l'impression d'être un convoi exceptionnel.

– On dirait un studio, ce sous-sol. Elle est grande, cette maison, quelle superficie ?

Je rougis, bredouille des chiffres tenant compte de ceci ou cela mais elles ne retiennent que le plus impressionnant, cent trente, et cependant que nous prenons place autour de ma petite table turquoise, Élo pousse une exclamation dont je n'entends que les derniers mots, *une seule personne*, repris à la volée par une Del au comble de l'embarras, témoin rétif d'un combat de foulques.

– Tu avais le projet d'y vivre avec Ève, dit-elle doucement comme si elle me l'apprenait alors que c'est à sa moitié qu'elle le rappelle.

– Peu importe Ève. J'ai fait le choix de vivre dans une petite ville après avoir payé des loyers exorbitants pendant vingt-sept ans dans une métropole recherchée. J'ai perdu l'illusion de me croire au cœur d'une grande aventure culturelle et ma récompense est là. (J'étends les bras.) Une grande maison lumineuse. Pour le prix qu'elle a coûté, tu as 40 m² à Lille, sans surface extérieure.

– Je sais bien. Disons qu'un tel espace, il faut le chauffer.

– Empiler des pulls, ça marche aussi. Je vous sers ? je demande en brandissant une bouteille de malbec bio. Ça vient d'un tout petit vignoble à onze kilomètres de Cahors.

Je finis tout juste de nous servir quand une première goutte de la taille d'un raisin éclate au milieu de ma tartinade aux tomates séchées. En quelques secondes, la pluie s'abat avec une telle vigueur qu'elle semble tomber depuis longtemps déjà. Nous nous hâtons de tout remettre en place sur le plateau, dont je me saisis comme d'un enfant évanoui tandis que mes invitées rentrent les chaises pliantes en tissu. Je finis de remonter l'escalier jusqu'au rez-de-chaussée quand j'entends Del dire, depuis la salle de bains,

– Elle est vraiment magnifique, cette baignoire sabot.

– C'est un bel objet, je commente assez fort pour que ma voix lui parvienne. Disons qu'il a le charme de sa vétusté. Mais je n'ai pas pris de bain depuis vingt ans, je précise et je m'aperçois qu'à mes yeux, cette visite s'est muée en inspection.

J'ai aussi un peu honte parce que je viens de mentir : j'ai pris cinq bains, ces vingt dernières années, je ne le mentionne pas parce que 1. ça semble dérisoire mais aussi parce que 2. ce n'était jamais à ma requête puisqu'en l'occurrence 3. ce n'était jamais seule mais le dirais-je que l'image d'un bain à connotations sexuelles flotterait entre nous, or delodelair est ce genre de couple auquel on ne saurait supposer une sexualité qui ne soit strictement réservée à une chambre plongée dans la pénombre et aux grandes occasions, réflexion que je me fais au moment même où, posant le plateau sur la table basse du salon, je me rappelle incidemment y avoir vécu avec l'Évaporée un moment dont la volupté me revient soudain. Une onde sismique traverse ma chair.

Ève avait insisté pour savoir comment je pouvais danser sur des musiques expérimentales dépourvues de rythmique, ça l'intriguait depuis longtemps. J'avais passé un morceau d'Ellen Arkbro à base de notes tenues et retiré mes chaussures pour danser sur la table basse puis ôté progressivement mes vêtements, enchaînant des mouvements lents jusqu'à me trouver intégralement nue étendue sur le plateau de la table, ce qui avait marqué la fin de la démonstration car j'avais soudain senti la tête de la femme que j'aime se glisser entre mes cuisses. Quand je relève la tête, delodelair ont pris place sur le canapé, l'hélix de mes oreilles bat, si brûlant qu'il doit être lie-de-vin.

– Vous avez repéré vos verres ? je demande.

– C'est l'avantage des verres dépareillés, remarque Élo et j'acquiesce avec un rire si franc que la tension se relâche d'un coup et que nous trinquons avec de vrais sourires.

– J'ai lu *Des constrictions*, poursuit-elle, c'est étonnant, cette construction, sans mauvais jeu de mots.

– Le titre est, en fait, un mauvais jeu de mots, je précise.

– Oh pardon !

– Pas de problème, j'assume.

– Mais je ne vais pas te mentir, je préfère *Ils partent tous en août*.

– Vraiment ? Pourtant ce n'est pas le même travail. *Ils partent tous en août* a certes quelque chose de plus frais, c'est d'ailleurs un texte de jeunesse, il a un côté punk mais…

– Oui, c'est ça : punk. Tandis que *Des constrictions* n'explose pas tout sauvagement, il déconstruit posément, sciemment – précisément, je dirais. C'est quasi chirurgical.

– En effet. J'ai vieilli.

– Je comprends que tu aspires à autre chose mais pour une lectrice euh…

(Pas *lambda*, par pitié, je pense.)

– On va dire lambda, je trouve forcément *Ils partent tous en août* plus généreux.

– Tout de même, modère Del, la dissection de cette emprise, j'ai trouvé ça très fort même si effectivement ça peut paraître un peu froid. C'est du vécu ? Enfin, pardon, c'est peut-être très indiscret.

– Oui, c'était du vécu. J'avais sans doute besoin de cette distance qui peut paraître froide pour me dégager de l'emprise que décrit le roman.

– Tu pourrais écrire une suite pour exorciser la rupture avec Ève, alors, suggère Élo.

– Peut-être pas une suite mais une variation, en effet. Parce que l'Évaporée n'a pas grand-chose en commun avec la femme dont *Des constrictions* m'a libérée. Il y a toutes sortes de pathologies associant la perversité à la flamboyance et, que voulez-vous ? dis-je avec mon sourire le plus souverain, j'ai décidé d'en explorer toute la gamme.

Je ris en renversant la tête, possédée par mon personnage de femme qui assume – qui ne subit rien mais choisit. Qui garde la maîtrise.

## Ève

Le nom est toujours là, à côté du bouton d'interphone, cinquième étage à droite. Je sais qu'il habite toujours le quartier, car il arrive parfois que je le croise le long du boulevard, et au parc Montsouris. La dernière fois c'était lors de l'ultime séjour de Jenny à Paris, y a-t-il des hasards, ou bien était-ce un signe ? Il m'a saluée de loin comme il le fait toujours, d'un hochement de tête, sans lier conversation. Ses cheveux ont blanchi mais il garde l'allure élégante et sobre qui faisait se pâmer les jeunes filles au lycée. L'autre différence est qu'il porte du noir la plupart du temps, et ce en toutes saisons. Je n'ai rien dit à Jenny quand nous l'avons croisé, elle s'est tournée vers moi pour demander : *Un voisin ?*

J'ai acquiescé d'un air distrait, comme si c'était une rencontre de peu d'importance, elle n'a pas insisté. Je me suis demandé ce qui m'avait pris d'emmener Jenny dans ce parc, où je vais rarement depuis que mes fils ont grandi. Je l'ai arpenté souvent avec eux lorsqu'ils étaient enfants, leur racontant comment j'y allais, moi, petite, avec ma propre mère.

Je cherchais quelque chose à faire avec Jenny à Paris, j'avais promis que je n'allais pas travailler durant ce week-end-là. Le fait est que j'ai vite commencé à me sentir comme un de ces fauves en cage, qui tournent et retournent le long du périmètre qui leur est alloué ; alors je l'ai emmenée parcourir ce quartier, ce parc, qui va avec. Voilà qu'on l'a croisé, lui. Une coïncidence.

Ce matin, je me tiens juste en bas de chez lui.

Il pleut encore, et à mon habitude je suis sortie sans parapluie. Mes cheveux sont mouillés, même si cinq minutes à pied suffisent jusqu'à ce lieu dont je n'arrive pas à m'éloigner vraiment, mais dont je ne m'approche jamais à plus de cinquante mètres. Passer sous ces fenêtres m'est bien trop difficile. Si je suis obligée de prendre le boulevard dans cette direction, je change de trottoir. J'ai fait ce détour avec Jenny il y a quelques mois, le week-end du marché rue Daguerre, du curcuma, du parc. Elle n'a pas tiqué quand j'ai changé de trottoir. Parce que j'ai trouvé ce subterfuge immédiat de nous prendre un café à emporter au petit restaurant italien de l'autre côté du passage piéton. Comme si de rien n'était. Ça, je sais très bien faire.

Je me demande si Jenny a déjà soupçonné qu'il se jouait dans notre histoire quelque chose de plus grand, de plus grave, et bien plus lourd de sens que ce que j'en disais. Combien elle était, pour moi, réparatrice de quelque chose d'ancien et qui lui échappait, qu'elle ne soupçonne pas. C'est que Jenny ignore à qui elle ressemble. Je n'ai pas de photo de Fred dans mon appartement. Pas exposée, du moins. La seule que je possède est au fond de ce coffre où gît le manuscrit exhumé depuis peu.

Jenny est la première des femmes que j'ai aimées à oser tous les mots allant avec l'Amour pour la plupart des gens. L'Amour avec une majuscule, celui qui ose dire son nom, sa version officielle, socialement acceptable. Celui des mains enlacées dans la rue, des baisers en public, des souvenirs de vacances racontés en famille, des *mon ange*, *ma chérie*. Qui ne craint pas l'insulte, l'agression, le mépris. La première aussi qui a rencontré mes fils.

Jenny avait ces gestes, frôler mon épaule ou caresser ma joue si nous dînions avec des amies de passage dans sa petite ville. M'embrasser sur la tempe et me tenir la main si nous sortions en groupe pour faire une promenade. Comme j'ai aimé chacun de ces mouvements vers moi, évidents, sans retenue, faits si naturellement que personne vraiment n'y trouverait à redire. L'évidence du lien : *Voilà la femme que j'aime*. Elle voulait se fiancer, nous a acheté des bagues. J'ai souri et dit oui. Oh la tendre ironie. Celle à qui elle ressemble, jusque dans ses tatouages (ce serpent sur son dos) et sa musculature (ces jambes de coureuse), comme dans ses habitudes (écrire chaque matin), était déjà mariée. Elle n'aurait jamais prononcé ce mot de *fiancée* pour me désigner moi.

*L'Amante*. C'est le titre que Fred avait choisi pour décrire notre histoire et me qualifier. *L'Amante*. Un titre de roman qui m'assignait une place. En marge de la vie convenable. Elle qui n'avait pourtant rien d'une épouse comme il faut, en dehors du statut. Mais le statut, ça compte. C'est ce qui peut, à terme, effacer du réel, disperser toutes traces d'amours illégitimes, vécues dans le frisson comme une pomme interdite, dont on cache le trognon. Les albums de famille ne racontent jamais combien Madame était amoureuse de cette femme qui restera toujours sans nom et sans visage, loin du cadre, et hors-champ. Une dame de compagnie. Une amie charitable qui n'a jamais trouvé chaussure à son pied. Une ancienne étudiante.

Je voulais faire partie de l'histoire officielle, mais c'était impensable, j'avais rêvé trop haut. *Elle a écrit sur toi*, me répondrait Jenny, si je lui racontais. Elle y verrait sans doute une vraie preuve d'amour, une preuve tangible, concrète. Elle pour qui écrire est une religion, une pratique spirituelle, une discipline de vie. Je n'en demandais pas tant. Je voulais ma main dans celle de Fred, pas seulement la frôler avec discrétion quand personne ne regarde. Je voulais l'embrasser quand l'envie m'en prenait, au cours d'une promenade, et lui dire au revoir avec un vrai baiser. Sur la bouche, pas la joue.

Fred a réussi ce tour de force incroyable : donner à notre lien une existence publique, tout en me ravalant au rang de personnage tiré de son esprit. Un secret tellement gros que tout le monde s'en doutait, mais ne pouvait s'avouer que sous forme de fiction, écrite sous pseudonyme.

C'est pourquoi le mariage m'a semblé si enviable, juste après cette histoire. La promesse d'un toujours, être La Femme De. Pouvoir dire *mon amour* aussi bien dans l'intime qu'au milieu d'un dîner, comme si de rien n'était.

Fred me présentait toujours comme une ancienne élève de son mari, donc mon rapport à elle restait subordonné à l'homme qui avait été mon prof de philo. Même deux ans après le début de notre histoire, elle m'introduisait en toute situation, aux amis de passage, aux collègues de travail, comme *l'ancienne élève de*. Devenue amie du couple. Jusqu'à ce que j'explose en lui disant que j'avais maintenant passé plus de temps nue entre ses bras à elle, qu'assise en classe face à son mari. Elle avait ri, d'abord. Mais si, avais-je protesté : le calcul est simple, j'ai eu cours avec lui quatre heures par semaine de septembre à juin, l'année de terminale. Or une année scolaire compte seulement dix mois. Et je couche avec toi depuis presque deux ans, des années civiles pleines, à raison d'au moins une soirée par semaine (officiellement nous étions au ciné, ou bien elle m'aidait dans mes révisions). Lui n'a jamais su que je dormais chez eux lorsqu'il partait l'été randonner en montagne. Tant de nuits ensemble, tant d'heures dans les bras de Fred. En conséquence de quoi, avais-je argumenté dans un sourire, je mérite un peu plus que ce statut d'ancienne élève de ton mari – mari avec lequel tu ne couches même plus. L'humour ou l'ironie : seul angle par lequel on pouvait aborder les choses graves avec Fred. Elle maîtrisait l'art de changer de sujet dès qu'il lui était pénible, d'agiter un chiffon fait de mots et d'idées, détournant l'attention sans même qu'on s'en rende compte. J'avais donc l'habitude de la prendre de biais, suivant son propre adage : il y a un fond de vérité dans tous les traits d'humour. Mais mon équation ne l'a pas fait rire longtemps, le résultat non plus. Elle a eu besoin de *prendre de la distance* et de *se retrouver*. Et je ne l'ai pas revue.

Six semaines plus tard, « l'âme-frère » m'appelait pour m'annoncer le drame. Je ne suis jamais revenue sonner à cette porte, sur ces marches de pierre où tant de fois, haletante, j'avais attendu qu'elle m'ouvre en l'absence du mari. Il ne m'a pas conviée à son enterrement, *seulement la famille*. La famille dont j'étais censée faire partie. Et je n'ai plus jamais réussi à passer sous ces fenêtres.

Ce matin, je suis là, sur l'asphalte mouillé, juste devant l'immeuble. J'ai failli glisser sur un lit de feuilles mortes, victimes de la tempête d'avril qui rageait cette nuit.

Je sonne. Je me tiens droite, la tête un peu rentrée dans le col de ma veste, saisie par le froid qui persiste entre les vieilles pierres des bâtiments haussmanniens, jusqu'au début du printemps.

Pas de réponse. Je suis sur le point de repartir et tourne déjà le dos à la façade, quand l'interphone se met à grésiller et qu'une voix rendue métallique par l'appareil demande *Qui est-ce ?*

Mon cœur rate un battement, je trébuche sur le perron. Je me retourne, et j'ose : *C'est Ève.*

Un silence, un déclic. Il a raccroché. Il fallait s'y attendre. C'est déjà bien assez pour lui de me croiser parfois dans le quartier.

Une deuxième fois, je redescends les quelques marches devant l'immeuble quand je suis prise de court par le buzz derrière moi. Il m'a donc ouvert.

Je pousse vite la porte, aussi lourde que dans mon souvenir. Le carrelage est le même, ce damier brun et blanc aux jointures en étoile, craquelé par endroits. L'alignement de boîtes aux lettres en bois verni, à l'odeur d'encaustique, de propre, de comme-il-faut. La fraîcheur soudaine, il faisait toujours froid dans ce hall au plafond décoré de moulures en plâtre, à l'escalier de marbre recouvert d'un tapis maintenu par des baguettes cuivrées. Un tapis neuf désormais, d'un vert discutable. Je me revois foulant un tapis sombre, sang-de-bœuf plus exactement. Il devait être usé. Cela fait si longtemps. Je me rappelle cette nuit folle où j'étais venue chez Fred en son absence à lui, nue sous un imper beige qu'elle trouvait glamour. Je lui avais dit *Descends*, à peine avais-je sonné à l'interphone, et l'avais attendue frissonnante dans l'entrée. Elle m'avait appelée *Petite folle* quand j'avais entrouvert l'imper à son arrivée. *Si quelqu'un te voyait.*

C'était le but, peut-être. Qu'un des habitants de l'immeuble – notaires, avocats, médecins, bourgeois du quatorzième – sachent que la dame du haut, vous savez la journaliste, a des fréquentations… Déjà qu'on voit passer beaucoup de jeunes gens, oui le mari est prof de philo vous voyez, mais tout de même, toute cette jeunesse, et parfois la musique dure jusqu'à tard, en haut, bon, on ne va pas se plaindre, ils sont vraiment gentils, et puis vous avez lu son dernier reportage, à elle, vraiment intéressant, on sent qu'ils ont du cœur, oui.

Cette gentillesse fade, ces manières policées, ça me donnait la nausée. Je ne leur ai jamais dit, j'étais bien trop jeune et trop impressionnée. Toute cette courtoisie, ces prévenances d'escalier lorsque je les croisais. S'ils avaient su, vraiment. À quel point leur monde et le mien différaient, à trente numéros près sur le même boulevard. Comment je payais ma chambre. Ou qui me la payait. J'ai osé l'avouer à Fred, un soir que nous étions lovées sur mon lit étroit sous les toits, qu'un pigeon roucoulait sur le bord de fenêtre et qu'un rayon de soleil déclinant enveloppait la scène d'un halo romantique. Je lui ai dit comme ça, d'une traite, sans chercher à enrober, sans honte, le cœur battant quand même, à l'idée que s'ensuive un rejet, que ses bras se dénouent et qu'elle repousse ma tête du creux de son épaule. Elle n'a pas bougé, elle a mordu sa lèvre inférieure sans rien dire, fidèle à son précepte : ne jamais rien juger. Journaliste, elle l'était même dans l'intimité. Accueillir toute nouvelle, toute pièce d'information avec un regard neutre. Comprendre, analyser, réserver son jugement. Alors j'étais cela, peut-être, une expérience sociologique ? Pour elle, ou pour eux deux ?

L'expérience sociologique a maintenant quarante ans et monte l'escalier vers le cinquième étage.

## Jenny

Je ne me rappelle pas ce qui en Del m'a tout d'abord attirée, avant que nous ne fassions connaissance. La trivialité de son diminutif, cette réduction d'une identité à une syllabe, aurait suffi à me faire passer mon chemin, le jour où je l'ai abordée avec mon stupide poème. Zia n'était pas ravie quand je lui ai confié cette réticence, *Qu'est-ce qu'on va faire de toi ? Tu ne vois pas que tu es d'une exigence pathologique ?* Sans doute mais je ne le choisis pas : je ne pourrais tout simplement pas tomber amoureuse de quelqu'un qui se laisserait appeler par une syllabe, d'ailleurs on voit bien à quoi ça mène, ça mène à *delodelair*. Je comprends que ce ne soit pas un critère raisonnablement recevable mais la raison ne m'a jamais intéressée, la raison est une petite boîte fermée, une urne funéraire ; je comprends aussi qu'un diminutif d'une syllabe ne soit pas un obstacle à une relation née par hasard entre deux personnes qui n'avaient rien de prévu, bien sûr, mais le hasard ne m'intéresse pas davantage que la raison.

Del raconte maintenant une anecdote du collège sous le regard indulgent d'Élo (*C'est bien parce qu'elle est drôle, celle-là*). Cette semaine, un élève a demandé à l'une de ses collègues prof de français s'il pouvait lire un roman au programme dans une édition de poche et il a fallu un moment à l'enseignante pour comprendre : le gamin pensait que les formats poche étaient des versions abrégées. Tandis que Del raconte, j'observe son visage en mouvement. Il illustrerait parfaitement le mot *androgyne* dans un dictionnaire ; un très beau visage.

Bien sûr la beauté n'est qu'un concept, mais je me fiche des discours sur la beauté, je ne parle pas d'esthétique, je parle de quelque chose qui fait remercier d'être en vie et le regretter tout autant car dès lors que la beauté nous saisit, on sait que jamais on ne pourra l'embrasser totalement, l'absorber pour l'éternité, on tremble de la perdre. Et je n'appelle pas *poésie* la même chose que Mimi dans *La Bohème* de Puccini,

*quelle cose che han si dolce malia,*
*che parlano d'amor, di primavere,*
*che parlano di sogni e di chimere,*

je parle d'un mode d'être à la vie, d'une corruption des tissus semblable à une légère putréfaction, un voile de pourriture devenu couche de l'épiderme à part entière, molle et douce et légèrement collante, de la texture qu'ont les toiles d'araignée poussiéreuses dans les greniers.

La beauté d'Ève me donnait envie de rire, de pleurer, de mourir, de hurler, de courir plus vite que jamais, de me rouler dans la terre et d'y enfouir la tête. Elle le fait encore. Je serais incapable aujourd'hui de trouver une quelconque forme de beauté à celles des femmes que j'ai un jour vénérées mais qui se sont révélées toxiques ou violentes ; je me rappelle avoir aimé leurs visages, ces mêmes visages qui désormais m'apparaissent comme obscènes. Malgré la violence qu'elle exerce sur moi par voie de silence, je n'arrive pas à relire les traits de l'Évaporée, à réinterpréter leurs expressions pour leur trouver une hideur grimaçante. Quand je me remémore son visage ou compulse mes dossiers de photos (Ève en hiver, Ève au printemps, Ève en été, Ève en automne, Ève vêtue, Ève cul nu, des milliers d'Ève diversement sublimes), j'ai dans le ventre une supernova – de celles que l'on voit sur les disques de Christine Ott, une forêt en feu sombrant dans un gouffre infini, une explosion de lave dorée esquissant un crâne –, tout mon être se fissure, en moi la lumière aveuglante et l'obscurité insécable s'entredévorent, la musique pourrait aussi être celle de cette compositrice, un extrait de *Chimères (pour ondes Martenot)*, et moi, je pourrais mourir.

Les larmes ruissellent tranquillement sur mes joues cependant que je souris encore de l'anecdote du livre en poche et opine en faisant tanguer par réflexe le malbec dans mon verre ; delodelair me dardent un regard compatissant à quatre yeux sous les petits arcs des sourcils.

– Nous sommes contentes d'avoir fait ta connaissance, dit Élo avec beaucoup de douceur, et je devine que tu tenais à nous rendre l'invitation mais… Si pour le moment, ça te fait mal de côtoyer des couples, on peut décider de se revoir plus tard, quand tu iras mieux.

## Ève

Je n'ai pas perdu de temps en bienséances factices, j'ai frotté mes semelles mouillées de pluie sur le paillasson beige et passé la porte qu'il me tenait ouverte.

« Quelle surprise de te voir », dit-il, sans intonation à la fin de la phrase.

C'est donc plus un constat qu'une exclamation. Une surprise attendue depuis vingt ans sans doute. La question qui m'a amenée ici, j'aurais dû la poser il y a longtemps déjà : *Vous saviez que des passages entiers du roman de Fred avaient été coupés avant publication ?*

Mais je ne peux la formuler, pas tout de suite. Car je reste muette devant le portemanteau. Ce qui est pendu là est bien pire qu'un fantôme. Je crois un premier temps être victime d'une hallucination. Me voyant pétrifiée, il détourne les yeux, tout en m'invitant au salon. Je ne commente donc pas le manteau bleu foncé de Fred, suspendu dans l'entrée.

Une vision me revient, dans un flot de souvenirs. Les gestes qu'elle avait en l'ouvrant prestement, un bouton après l'autre, pour l'accrocher ensuite, toujours dans le même sens. Fred était une personne méthodique, mais vive. Rien ne prenait du temps avec elle, vous arriviez ensemble dans l'entrée de l'appartement et vous retrouviez dans la cuisine devant une tasse de thé avec une Fred qui avait trouvé moyen de changer ses vêtements pour un kimono d'intérieur, avant même que vous ayez eu le temps de délacer vos chaussures.

Je le suis au salon. Il m'invite à m'asseoir sur la méridienne bleue, face à la double-fenêtre donnant sur le balcon, tout en longueur mais si étroit qu'on n'y fait pas tenir une chaise. Un autre flash-back. Fred appelait cela un *balcon de pieds*, parce qu'on peut seulement y être debout – il y a le même chez moi. Une balustrade de pierre ouvragée, inutile, on peut juste y mettre des plantes en bac ou s'y accouder, et si on veut s'asseoir, il faut se hisser sur le rebord pour fumer tranquillement. Je réalise que, n'étant jamais revenue dans ce lieu après la mort de Fred, la vue de cette double-fenêtre n'a pas encore pu provoquer en moi de haut-le-cœur. Je guette cette réaction viscérale qui devrait m'envahir, mais rien. Je me sens vide, comme en suspension. Le corps, qui se rappelle parfois mieux les sensations que l'intellect, me ramène un instant vers l'envie de fumer.

Fred et moi nous asseyions souvent ensemble, les jambes dans le vide, calées côte à côte sur la balustrade de pierre blanche. Nous fumions en regardant le boulevard. C'était son habitude, que j'ai gardée ensuite.

Je pourrais lui dire, à lui qui me regarde, assise dans son salon : *C'est fou qu'après tout ce temps je ne fume toujours pas à l'intérieur*. Lui et moi savons pourquoi – il déteste l'odeur du tabac mais Fred refusait de descendre les cinq étages chaque fois qu'elle allumait une cigarette. Le compromis était de fumer sur le *balcon de pieds*, assise sur le rebord. Nous commentions les lueurs déclinantes sur le boulevard, le rose du ciel lors du soleil couchant, le passage d'étudiants, de mères de famille à l'air fatigué. Fred se fendait parfois d'un laconique *C'est l'heure des poussettes*, avec un sourire en coin.

« Tiens, il ne pleut plus, et le soleil se lève », dit-il. Comme si j'étais une simple voisine, venue lui rendre visite.

Voilà qu'il me propose un rafraîchissement. J'entends à peine sa question.

C'est que mon œil vient de buter sur un éclat de lumière reflété par un objet, et que je me demande si je viens de perdre le sens de la réalité. Le cendrier de Fred, en cristal lourd et clair, brille sur le rebord de la fenêtre ouverte. Et son kimono blanc gît sur un des fauteuils, celui-là même où elle avait pris l'habitude de le jeter avant d'aller prendre sa douche.

J'ai vécu quelque temps dans cet appartement, l'été, lorsqu'il partait sans elle à la montagne. Les vacances scolaires. Elle n'en prenait pas, de congés, et deux étés durant j'ai habité chez eux, vu les rituels de Fred le matin au réveil, au petit déjeuner, sa manière de poser sa tasse contre l'évier, toujours la même tasse bleue, un peu de guingois sur le rebord, pour que les gouttes d'eau s'écoulent après qu'elle l'avait rincée.

Mue par une impulsion, je me lève et traverse le salon jusqu'à la cuisine.

La tasse est toujours là.

## Jenny

Bien que je sois aimantée par le bureau, je fais ce que je fais toujours une fois mes invités partis ; j'ai besoin que tout, autour de moi, soit à sa place, propre et neutre. Je ramasse les restes de la soirée. Dans l'étroite rainure qui encadre le plateau de la table basse, stupide ornementation dont le caractère malcommode ne m'est pas apparu le jour où j'ai fait l'acquisition du meuble, des miettes de chips se dérobent. Je m'obstine, fais glisser machinalement la lame d'un couteau dans la strie pour en extraire les agglomérats putrescibles rebelles et à l'opiniâtreté de mes gestes font écho les questions désormais éprouvées, telles des mélodies aussi adhésives qu'usées.

*Qu'est-ce qui peut bien faire qu'une femme soudain abandonne celle à qui elle vient de dire,* Quels merveilleux moments j'ai passés auprès de toi, aujourd'hui encore : je veux ça tous les jours de la vie *? Quelque chose m'a échappé. Mon entourage pense qu'elle attendait le premier prétexte, mon entourage n'a jamais ri avec elle à l'idée d'avoir décroché ensemble la loterie céleste, il ne sait pas de quoi il parle.*

Depuis des semaines devenues des mois, chaque fois que l'impulsion de contacter l'Évaporée me porte au bord de la folie, j'appelle Zia pour qu'elle me répète les phrases-clés, celles qui ne me viennent pas spontanément mais qui, prononcées avec l'autorité qui est la sienne, figent mon sang et refoulent pour quelques heures mon impulsion morbide. Mes couplets, ses refrains,

J'aimais tout faire avec elle.

Vous n'aviez pas de quotidien. La vie n'est pas une promenade du week-end.

Même faire les courses, cuisiner, jardiner, tout me paraissait magique.

Elle, ça l'amusait deux jours. Ensuite, elle regagnait son petit monde prestigieux.

Parfois, elle me disait qu'elle s'était fourvoyée, qu'elle aspirait à autre chose.

Elle disait ça pour te plaire mais elle est où, là ? Qu'est-ce qu'elle a choisi ?

Zia écarte mes arguments avec patience et fermeté, sans hésitation, comme si elle avait déjà réfléchi posément à chacun des éléments qui me viennent en désordre tandis que je me débats pour rejoindre la surface et un air que je puisse respirer. *Mais si un jour tu craques et que tu la rappelles*, dit mon amie, *ne te sens pas coupable : il n'y a rien d'humiliant à aimer. Non,* ajoute-t-elle, *ce qui me fait peur, c'est plutôt qu'elle ne te réponde pas, une fois encore, et que tu mettes deux mois de plus à t'en remettre.* Je lui réponds qu'elle a raison et, ce disant, j'ai conscience de valider une vision possible de la vérité, un angle parmi d'autres, depuis lequel n'apparaissent pas certaines de ses facettes que je préfère occulter pour que mes questions trouvent une réponse (*Qu'est-ce qui peut bien faire qu'une femme soudain*, etc.).

Mon psy prend souvent l'exemple de la pomme sous la passoire : selon le trou de la passoire par lequel ils scrutent la pomme, les observateurs affirment en toute bonne foi qu'elle est rouge, jaune ou verte, car elle est tout cela en même temps – disons que c'est une pomme d'api ou quelque chose dans ce genre. Depuis l'évaporation, je charge Zia de choisir le trou de la passoire qui m'épargnera les sempiternelles questions, m'empêchera de réitérer un appel qui sonnerait dans le vide, et me fera gagner quelques heures, quelques jours – à moins que je ne les perde. Disons que j'ajoute un peu de silence au silence, comme de la neige sur la neige pour étouffer les hurlements du manque et de la douleur.

Parfois j'ai l'impression que c'est à Zia que je dois d'être encore en vie. D'autres fois, je me demande si, en lui confiant les clés de ma volonté, je ne renonce pas au seul sens que j'aie jamais trouvé à l'existence – que ce sens soit recevable ou pas, qu'il soit psychologiquement économique ou pas : renoncer à la spontanéité que j'ai toujours privilégiée, est-ce me préserver, faire preuve de maturité, ou est-ce nier mon instinct animal au profit de protocoles sociaux qui n'ont jamais eu aucune valeur à mes yeux ?

Regarde, Jenny, regarde-toi. Tu t'obstines à déloger les miettes de la table basse parce que tu acceptes l'absurdité intrinsèque de la vie civilisée avec ses rainures décoratives et l'incompressible nécessité d'entretenir ces dernières. C'est ça, le réel. L'éternel retour de la miette dans la rainure inutile. Tu traques la miette à la pointe du couteau. Tu fais ça, sans trop renâcler, tu fais ça plutôt bien. Brave bête. Tu entretiens le fragment de réel qui t'est échu, gentiment comme si tu n'allais pas mourir bientôt, comme si la vie avait un sens et qu'une miette y pesait, tu joues le jeu. Mais après avoir connu l'éblouissement de l'absolu, fût-il factice, peux-tu te contenter de ça ? Il faut qu'il y ait autre chose. Regarde, soulève la passoire, pose la pomme sur ta paume et tourne-la lentement. Observe-la.

Tu as relu ce foutu journal, l'autre jour, par-dessus l'épaule de tes amies. Tu te rappelles comment c'était. Oublie les dernières pages : la frustration était le fruit de ta propre impatience, rien de plus. Pourquoi celle que tu aimes devrait-elle choisir entre son prix Pulitzer et votre amour ? Tu lui as mis la pression, voilà ce qui s'est passé. Bien sûr. Tu lui as fait sentir qu'elle devait choisir – pression.

Et, tant pis pour toi, tu n'as pas gagné.

Pour preuve, dirait sans doute Zia, que tu n'étais pas sa priorité, que l'absolu n'a jamais existé que dans ta tête.

Enfin, le dernier paquet de miettes bondit hors de sa rainure, s'écrase sur le plateau de la table, acceptant la reddition.

Mais aujourd'hui, je n'appelle pas ma meilleure amie.

Les portes des placards et du réfrigérateur claquent, je divise entre le compost et la poubelle les quelques traces de repas au fond des assiettes, lave, essuie et range la vaisselle puis l'évier, le plan de travail, la table, aspire les miettes de chips dans les poils longs du tapis, stocke les bouteilles en verre à la cave dans l'attente de leur acheminement prochain jusqu'à la benne au coin de la rue, me brosse les dents, me badigeonne de baume à lèvres, enduis mes mains de crème au cédrat offerte par l'Évaporée, regarde mon visage dans le miroir de la salle de bains. Elle me disait que j'avais les traits fins, parfaits, qu'elle adorait mon nez ; je ne vois que mes paupières tombantes, l'affaissement des joues pourtant creusées, les imperfections lovées dans les plis et creux de ma peau. Elle disait qu'elle me trouvait belle, je ne pourrais pas tomber amoureuse de quelqu'un qui aurait ce visage que je vois dans le miroir. Je comprends qu'elle ait reculé.

Je nettoie la salle de bains, mon bureau m'appelle mais je suis agrippée à l'éponge et je finis par m'avouer que j'ai peur. Comme si mes mots avaient un pouvoir de vie, de mort et de point final. Sans doute ont-ils le pouvoir du point final. Allez, Jenny. Je pose l'éponge, me dirige vers l'escalier, lentement mais sans plus tergiverser, je m'assieds devant mon ordinateur, ouvre *L'absolu c'est mon caillou dans la chaussure*, le journal d'un amour qui devait être éternel.

## Ève

Je regarde la tasse.

Immobile et muette, capable de rien.

Puis je sens sa présence, un souffle dans mon cou.

Il se tient derrière moi.

Il m'a suivie jusque dans la cuisine.

Il me regarde regarder la tasse.

Je me tourne vers lui. Nous sommes dans un film, une scène au ralenti. Tout cela semble irréel.

Sans ciller, raide et digne, d'une voix très polie, il renouvelle sa question :

« Veux-tu une limonade ? »

Je comprends que je n'aurai pas ce que je suis venue chercher. Sauf à le provoquer.

Mon sac est resté au sol dans le salon, là où il est tombé au moment où je me suis levée, trop brusquement. Je retourne le chercher, car j'ai dans ce sac les quelques pages que je suis venue lui lire. Ces pages recouvertes de l'écriture fine et serrée de Fred, alors que la plupart des autres ne portent que les caractères réguliers de la machine à écrire, dont le cliquetis rythmait certains dimanches matin, quand lui était absent et que je dormais là. Un mari alpiniste qui aime les hauteurs de la philosophie et les sommets lointains grimpés en solitaire, ça facilite les mœurs illégitimes du côté de l'épouse. Mais malgré ma présence, Fred conservait toujours une discipline de fer – un café et cinq pages au réveil, que ce soit un article en cours de rédaction, la retranscription d'une interview menée avec son dictaphone, une traduction parfois. Elle parlait l'anglais, l'écrivait couramment.

Je n'ai même pas besoin de me diriger vers la porte du bureau, à gauche de la cuisine, que j'en suis déjà sûre : sa machine à écrire est sans doute toujours là. De même que les livres posés sur son bureau. Si je poussais la porte, je saurais sans nul doute quel ouvrage elle lisait le jour où elle est morte.

## Jenny

Pendant un an, je me suis contorsionnée, je me suis équarrie, tannée pour convenir à ma fiancée. J'ai tenu la porte à son travail, à ses enfants et à son incompréhensible besoin de retourner sans cesse à cet appartement sinistre dont le seul espace extérieur, qu'elle désigne du nom de balcon, a la largeur d'un bac à légumes ; j'ai tenu la porte en souriant pour montrer ma bonne volonté, je ne passais jamais avant que tout le reste – enfants, travail, etc. – ne soit bien installé dans son petit fauteuil, son canapé, son pouf, puis je me cherchais un strapontin pas trop branlant. Si ce siège d'appoint me faisait mal au cul, l'idée de le perdre me terrifiait ; j'étais très mal assise mais assise néanmoins.

Quand je laissais déborder amertume et frustration, je me hâtais de démonter l'absolu pièce par pièce, alignais tous les rouages pour tâcher de repérer les éléments défaillants et jetais les présumés fautifs dans le gouffre auquel je venais d'échapper. Après quoi je reconstituais l'édifice, vissant et hissant jusqu'à l'épuisement, puis j'esquissais un pas en arrière et contemplais le résultat. Il était plus trapu que le précédent mais aussi plus solide, estimais-je, soulagée. Ma fiancée lui lançait un regard et marmonnait qu'il ferait l'affaire. Elle n'allait tout de même pas me remercier. Tu casses, tu ramasses. Normal.

Au fil du temps, ma diligence a parfois faibli. Quand la fureur était trop bruyante, la lassitude trop glutineuse, l'absolu trop ébranlé, je retenais de plus en plus longuement mon souffle. Notre silence distendu par la distance rongeait les jours mais je perdais toujours et je rappelais, parlais d'un malentendu afin que nous puissions classer l'affaire et retrouver la fusion de nos bouches, de nos peaux, de nos regards.

Un jour, un seul, au comble du désespoir et de l'épuisement moral, j'ai souhaité renoncer à cet amour que l'ascension sociale de son objet semblait condamner ; la femme absolue a dit *d'accord, adieu amour de ma vie* et jeté sa bague de fiançailles par la vitre de sa voiture sur le périphérique parisien. J'ai souffert un martyre de plusieurs heures avant de la rappeler. Elle a décroché.

Pendant quelques mois, le soulagement qu'elle ait pardonné ma faiblesse ce jour-là m'a fait oublier mes soupçons, craintes et frustrations. Tout allait bien. Au point que je ne me sentais pas concernée quand je la voyais écarter avec désinvolture ceux de ses proches qui réclamaient son attention – une imperceptible rotation des yeux vers l'écran de son téléphone qui vibrait clignotait convulsait puis retour : il ne s'était rien passé, aurait-on dit l'instant d'après, à voir ce téléphone posé là comme un modèle d'atonie. Malgré les antécédents de silence buté, je ne me sentais plus menacée d'un tel traitement, moi qui désormais filais droit sans plus rien réclamer.

Jusqu'à ce que je me réveille et ne la trouve pas dans mes bras. Elle n'était ni dans le salon, ni dans la cuisine, ni en train de fumer dans le jardin, comptant jusqu'à dix pour voir si je la regardais depuis la fenêtre afin de vérifier que je l'aimais, comme elle le faisait à chaque cigarette depuis plus d'un an. Je l'ai appelée, *Mon amour, mon cœur, ma chérie, mon trésor, ma déesse, mon ange, mon miracle, ma splendeur, ma promise, ma moitié, lumière de ma vie !* à travers les quatre étages de la maison jusqu'à ce qu'il ne reste qu'à vérifier l'impensable : sa voiture n'était plus là.

Votre correspondant n'est pas disponible pour le moment. Veuillez laisser un message après le bip sonore.

Votre correspondant n'est pas disponible pour le moment. Veuillez laisser

Votre correspondant n'est pas disponible pour le moment.

Votre correspondant n'est pas

Votre correspondant

Mais elle allait revenir. Ses vêtements étaient toujours dans l'armoire, ses cosmétiques dans le placard de la salle de bains, ses chaussures dans le couloir de l'entrée, en tas devant son vélo.

Les jours passant puis les semaines, ses articles publiés avec une infaillible régularité dans le grand quotidien pour lequel elle travaillait m'ont épargné la peine d'appeler les hôpitaux, ses enfants et ses amies pour m'assurer qu'elle était en vie.

Les semaines passant puis les mois, il est devenu évident que non seulement la soupe lyophilisée ne me réussissait pas mais que, au-delà, j'avais échoué à déjouer les pronostics du psy. Je ne pouvais toujours pas me laisser tomber en arrière depuis un haut bloc de béton, les bras en croix et les yeux fermés, comme Adrienne Shelly dans *Trust me*, car Martin Donovan ne serait toujours pas là pour me réceptionner in extremis. Je me fendrais le crâne et personne ne me pleurerait.

Je me suis longuement tordu les bras dans un registre racinien en me remémorant les jours heureux où, arrogante, je balayais d'une pichenette les agressions de ce monde au prétexte que j'avais non seulement trouvé ma moitié mais aussi mérité de la trouver, à force de persévérance. J'ignorais alors, malheureuse, que chaque pelletée de terre tirée du sol à la force de mes bras pour ériger notre château creusait ma tombe.

Je contemple le trou pratiqué par moi dans la terre glacée. Il est assez grand pour m'engloutir comme le boa constrictor de la légende urbaine. Le trou dans la terre est-il davantage que ma légende personnelle ? Cet absolu que j'ai tâché un an durant de maintenir debout, armée de scotch, de punaises et de colle en bâtonnet, courant de gauche et de droite comme au badminton selon le sens dans lequel il menaçait de tomber pour le retenir à la force de mes seuls bras, n'est-ce pas lui plutôt que moi qu'il conviendrait de flanquer dans le trou ?

Je regarde ailleurs pour ne pas voir l'instant où je le fais. Puis je le fais. Je le flanque dans le trou.

Au trou, l'amour absolu !

Je me lève de ma chaise si brusquement qu'elle se renverse. La voici qui gît incongrue sur le parquet flottant dans la maison propre et rangée, je ne la redresse pas. Je suis déjà dehors et je ferme la porte à clé.

## Ève

Il est resté stoïque durant toute la lecture. Parfaitement immobile. On eût dit un mannequin, une réplique de cire posée dans la cuisine, pour l'effet réaliste d'un lieu qui ne serait pas habité pour de vrai.

Ma voix, elle, tremblait. J'ai lu les deux pages dans un souffle, chancelante, les mains moites, sans pouvoir le regarder. Je sentais sa présence comme celle d'une statue scellée au carrelage blanc, de l'autre côté de la table à manger, dense et inamovible.

Quand j'ai levé les yeux, il n'avait pas bougé. Ma voix s'est affermie :

« Je veux une réponse. »

Maintenant que j'ai lu, j'attends.

Il ne réagit pas, il est toujours debout, le visage impassible, devant le vaisselier. Mais ses yeux le trahissent. Les pupilles dilatées.

« J'ai besoin d'une réponse », je répète plus fort.

Il garde sa maîtrise. Me laisse continuer.

« Pourquoi certains passages du manuscrit originel ne sont pas dans le roman ? Qui a fait la relecture, et les coupes ? Qui a écrit la fin ? »

Il avale sa salive. Sa pomme d'Adam palpite d'une vie autonome, comme le ferait un cœur emballé par l'effort d'une course trop rapide. Elle est proéminente, bien plus qu'auparavant. L'âge l'a amaigri. Je me demande s'il continue de gravir des montagnes en Savoie ou dans les Pyrénées depuis qu'il est à la retraite. Je me demande s'il voit toujours leurs amis, ses collègues, ceux de Fred, ses anciens étudiants qui autrefois venaient lui faire lire leurs textes, ébauches de nouvelle, ou projets de roman. Sans doute pas, car sinon le monde serait témoin de cet appartement devenu musée de Fred, où rien n'a changé depuis maintenant vingt ans. Les murs blancs ont jauni, sans doute, et tout est plus petit que dans mon souvenir. Mais l'ensemble est d'une propreté rutilante, de salle d'exposition. Un lieu que l'on conserve, pas un lieu où l'on vit.

Je sens qu'il vacille, tout tient dans le regard. Mais sa voix reste calme, parfaitement contrôlée. Son timbre qui faisait fondre les jeunes filles, qu'il savait moduler en dissertant sur les différences entre foi et croyance, passion et folie, citant les grands penseurs, les romanciers classiques.

Sa belle voix me répond, sans rien trahir d'une quelconque émotion :

« Son éditeur, je pense. Fred m'avait fait lire, je n'aimais pas la fin qu'elle venait de réécrire. Tu sais pourquoi, je pense. Nous nous sommes disputés. Mais je n'ai pas touché une ligne de son texte. L'éditeur a gardé la première version. La fin non retouchée. »

Tandis qu'il me parle, j'observe ses yeux et ses pupilles dilatées me révèlent qu'il a peur. Je ne sais pas de quoi, peut-être de mon jugement. Qui conserve en l'état les affaires de l'épouse morte durant deux décennies, dans toutes les pièces de son appartement ?

Quelqu'un qui ne peut se résoudre à vivre seul tout à fait, ni à effacer le souvenir de celle qui partageait ce lieu avec lui.

Ou quelqu'un qui habite la culpabilité d'être resté en vie quand l'autre a disparu ?

Lorsqu'il m'a appelée pour m'annoncer la mort de Fred, j'étais devant les marches du château de Ligoure. Avec des camarades de l'école de journalisme nous avions décidé d'échapper à la ville pour une fin de semaine, balades en forêt, visites de monuments. Le soleil de printemps chauffait nos peaux, une lumière d'avril. La seconde avant de saisir mon téléphone portable j'ignorais encore cette mort, qui pourtant était déjà une réalité depuis quarante-huit heures. Parmi les premières pensées qui me sont venues : où me trouvais-je exactement, à quoi étais-je occupée, et à quoi pensais-je au moment où son corps chutait de la fenêtre ? Impossible à savoir. Je n'ai pas l'heure exacte. Il ne me l'a pas dite, je n'ai pas osé demander. C'était lui le veuf, la douleur légitime. Lui qui pouvait pleurer à cet enterrement.

Juste après son appel, je me suis isolée, prétextant une migraine. Je n'ai pu partager la nouvelle avec personne, mes amies ignoraient la nature de mon lien avec Fred, qu'elles prenaient pour mon mentor, une sorte de marraine bienveillante, qui avait inspiré mes études et ma vocation de journaliste. J'étais incapable de leur parler de cette mort – de poser dessus des mots que d'autres pourraient entendre sans comprendre l'ampleur du saccage qui s'opérait en moi. L'implosion silencieuse était la seule option. Et faire semblant de vivre était beaucoup plus simple que subir la trivialité d'un partage d'émotion, de pâles condoléances. Jamais je ne suis allée m'agenouiller sur sa tombe, je sais seulement qu'elle est au cimetière du Montparnasse, comme celle de ma mère. Depuis mes huit ans je n'y suis pas retournée, je ne le pourrais pas.

Je n'avais pas pleuré à l'enterrement de ma mère. L'assistante sociale et la voisine d'immeuble, qui était notre concierge, ont trouvé anormal que je ne m'autorise pas à verser une larme. Elles n'ont cessé durant toute la cérémonie de me répéter que pleurer était sain, que ça me ferait du bien. Elles ont même essayé de me prendre dans leurs bras. J'étais plus raide qu'un pic, chaque mot qu'elles prononçaient marquait une demi-lune rouge dans la paume de mes mains, où mes ongles s'enfonçaient. Depuis, je sais me maîtriser comme personne ici-bas, même s'il m'arrive de réduire en charpie toute ma ligne de vie. Donner le change est devenu ma spécialité. Qu'on me laisse tranquille, je veux veiller mes mortes à ma manière à moi. En silence, en dedans.

Mes camarades de l'époque n'ont rien soupçonné de la dévastation. J'ai manqué le repas du soir, un pique-nique sur l'herbe, trop joyeux, trop bruyant. Le lendemain, je me suis forcée à revenir à nos activités d'étudiantes en vacances, la promenade jusqu'à la rivière, les pieds nus dans l'eau froide. C'est à ce moment-là que la réalité a pris les apparences d'un scénario, j'ai joué le rôle qu'on attendait de moi parmi mes jeunes amies. La fille dynamique, brillante, un brin loufoque. J'étais un peu moins enjouée que d'ordinaire, mais pas au point qu'on s'inquiète pour moi.

Je pensais : plus jamais je n'entendrai sa voix. Je revoyais son sourire, la fossette de sa joue, sa manière tranquille de regarder le monde. Rien n'est éternel sauf le souvenir, la mémoire des choses, des êtres que l'on aime. C'est peut-être cela qui se joue dans ces lieux, que le mari de Fred conserve en l'état. Garder sauve la mémoire de l'être disparu dans chacun des objets de son quotidien.

Je ne sais m'expliquer l'improbable de ses réactions et de son accueil : il n'a pas demandé pourquoi je suis venue, après toutes ces années. Il m'a proposé à boire, une limonade, comme si c'était hier que je venais emprunter des ouvrages, parler de mes études, du film que j'avais envie d'aller voir avec Fred, la petite comédie de routine que nous jouions à trois pour qu'il puisse s'accommoder de notre relation sans en prendre ombrage.

Je n'ose demander pourquoi il m'a ouvert la porte de chez lui, me laissant devenir témoin de sa folie.

## Jenny

Pour la première fois depuis l'évaporation, je ne me dirige pas spontanément vers mon cavalier fétiche des derniers mois. J'y ai, je crois, épuisé ma capacité à espérer. Je me revois serrer les poings dans mes poches tandis que Tamara Lindeman chantait dans mon casque audio et une envolée de violons, *I still reach out to hold* – fini, je ne tends plus la main, je n'essaie plus d'attraper quoi que ce soit qui passerait par là. Ce chemin a rempli son rôle dans ma vie : il m'a permis de rencontrer delodelair et cette rencontre m'a fait prendre conscience que personne ne remplacerait Ève. Dès lors qu'il a forcé ma lucidité, il cesse de m'apparaître comme un refuge. Ainsi, plutôt que de filer vers le sud, j'attaque les côtes qui montent vers le nord-est, en danseuse sur les pédales de mon vélo. Sans doute les rares humains que je croise en ce dimanche finissant, au volant de leur voiture ou sur les trottoirs derrière des chiens tenus en laisse, supposent-ils que je sais où je vais, peut-être même que j'y suis attendue et que je ne dois pas traîner si je veux y être à l'heure.

Qui sait si, aujourd'hui, je ne me satisferais pas de ce qu'Ève m'apportait avant son départ – à l'époque où ça ne me suffisait pas, où le *peu* me tuait lentement, comme un insidieux mildiou –, qui sait si, l'absolu inhumé, je ne recevrais pas sans frustration ni rancœur mais plutôt avec gratitude ce qu'elle était en capacité de m'offrir ? Depuis les cimes de l'absolu, *pas assez* avait un goût de *moins que zéro* mais, d'ici-bas et après ces longues semaines de recul, *pas grand-chose* paraît indubitablement mieux que rien. Les deux logiques sont également valables ; à moi de choisir laquelle adopter. Mes tempes battent dangereusement, je m'en rends compte quand l'afflux de sang me fait tourner la tête, alors je lâche le guidon, le temps d'arracher mon bonnet à mon crâne et de le fourrer dans la poche de mon manteau.

Une fois le relief gravi, je roule plus lentement pour reprendre mon souffle. Une sueur épaisse et chaude baigne ma peau, je tâche d'en sentir chaque halo par un balayage corporel semblable à celui qu'enseigne la méditation mais superficiel, tout juste épidermique. Si je me concentre bien, je peux percevoir précisément, sans y toucher ni les voir, les interstices entre mes orteils, l'espace entre mes sourcils, la peau si fine derrière mes oreilles ; je peux observer sans solliciter les yeux la manière dont l'humidité darde ici ou là. Car la sueur n'a pas le même rapport avec toutes les parties du corps. Je la sens onduler sur ma lèvre supérieure comme une larme dans un œil avant qu'elle n'en tombe ; sur mon nez, elle se contente de perler ; elle goutte de mes sourcils ; elle sinue à travers le fin duvet de mon crâne ; d'ordinaire, j'aime essuyer de mon poignet le liquide épais sur ma nuque, en l'effleurant à peine, aujourd'hui, la main glissée sous mon écharpe, je sursaute presque. Comme si ce n'étaient pas ma sueur, pas ma nuque.

Je longe une rue déserte que j'ai empruntée des dizaines de fois, ces dernières années. À ma droite, des maisons ouvrières de plain-pied aux jardins décorés d'animaux en plâtre, de puits ornementaux et d'outils agricoles anciens mais rutilants ; à ma gauche, sertie entre une carrière et des champs, une friche que je n'ai jamais explorée, tant sa sauvagerie paraît menaçante. Ève et moi n'avons jamais fait que la longer, tenues à distance par les coups de feu. Récemment, un crâne et un fémur humains y ont été trouvés.

On y accède par un talus si modeste que descendre de selle n'est pas nécessaire pour le gravir. Je m'y lance et m'immobilise net au sommet, mon élan tout juste calibré pour que j'atteigne le rebord supérieur ; sitôt que je m'y stabilise, des dizaines de lapins s'éparpillent, disparaissent dans des buissons. Ils étaient paisiblement étendus dans la lumière vespérale, à quelques mètres de la chaussée, des habitations et des nains de jardin défraîchis ; ils savouraient leur repos sur un tapis de mousse et d'adventices, insoupçonnables depuis la rue et pourtant si nombreux. J'imagine le petit cri que pousserait l'Évaporée, elle secouerait les mains comme si elle avait soulevé un plat trop chaud et peut-être me frapperait le bras dans un mouvement d'excitation, puis s'excuserait en le frottant énergiquement.

Je m'attendais à découvrir un terrain vague impraticable mais le paysage que je traverse est une espèce de lande qui s'étale à perte de vue. Les lieux seraient absolument déserts, n'étaient les lapins et les faisans dont les cris résonnent comme des klaxons de mobylette, avec ce son qui semble donner à la voûte céleste l'acoustique d'un gobelet en plastique. Je devine à la nature schisteuse du sol, sur lequel se sont établis mousses, buissons et graminées, qu'il s'agit d'un ancien cavalier, non pas en surplomb comme le sont tant d'autres mais encaissé au milieu de tertres dont il semble que l'agencement échappe à toute logique. Eux-mêmes sont veinés de sentiers qui constituent un maillage complexe, observés depuis celui sur lequel je roule.

Ce site n'est pas un paradis. De loin en loin, j'aperçois des douilles de fusil parmi les herbacées, des ornières creusées dans la délicate végétation par des motos et des canettes vides. Je gagne une voie latérale plus large que les autres, qui longe une interminable palissade en béton. Je mets le pied à terre pour éviter une double crevaison quand je m'aperçois à ses scintillements qu'il s'agit du plus invraisemblable tapis de verre pilé jamais vu. Pendant près d'un kilomètre, je pousse mon vélo sur ce sol composé à égale mesure de cailloux, de terre et de ces minuscules fragments vert bouteille ; son homogénéité donne l'impression d'une œuvre d'art brut davantage que d'un vandalisme benêt.

Un panneau mystérieux est criblé de balles – *Accès interdit au chemin de ronde*, dit-il, mais si ce chemin est celui sur lequel je me trouve, rien ne le marque au sol ni ne le délimite en largeur, rien ne le sépare des landes qui descendent jusqu'aux champs, trois cents mètres plus bas sur ma droite. Entre deux bosquets, la barrière levée, délavée, d'un ancien passage à niveau.

Mon pouls est apaisé, comme il l'est toujours quand je découvre ce type de territoires à la fois effrayants et attirants. Le temps se suspend, l'éternité se love dans une coquille de noix que je tiens au creux de ma paume – mais sans doute est-ce plutôt moi qui me tiens en équilibre sur le fil de l'éternité, cette ligne infinie, vibratoire, sinusoïdale, dont on ne saurait déterminer quand elle plonge vers le haut ou vers le bas. Ces instants où l'infini rayonne au creux de ma paume échappent à tout enchaînement que l'on pourrait appeler *histoire*, il n'existe plus rien de tel mais seulement une succession de moments sans rapport de causalité, ni but ni nécessité, alors je me sens libre, pleine et sacrée.

## Ève

*Dans certaines histoires, on bute sur la fin. Surtout lorsqu'on n'a pas terminé de les vivre. Éva m'a invitée dans sa vie, voici maintenant deux ans. Comme on accueille vraiment, sans demander de comptes mais avec cette ardeur de me vouloir entière, de ne pas supporter d'être l'amour de l'ombre. Si grand semblait l'abîme qui me séparait de la possibilité d'une vie au grand jour avec Éva, que j'ai dû reculer. Mais je prends mon élan depuis quelques semaines.*

*J'ai eu besoin d'écrire, au fil de la relation, pour me rendre à moi-même l'histoire intelligible. Dessiner les grandes lignes de ce que j'ai cru être une passion éphémère, une passade illicite. Mais Éva n'est pas de celles qui s'accommodent d'être mises entre parenthèses, et cernées d'interdits. Je lui donnerai à lire ce manuscrit quand je me saurai prête. Lorsque j'aurai trouvé l'issue qui sonne juste.*

*Il me fallait un temps de silence intérieur. Quelques semaines sans elle, pour écrire la fin. Préparer un départ, quel qu'il soit car je sens qu'il me faudra quitter, décider l'ablation, dans un sens ou dans l'autre. Je ne parviens plus à faire tenir ensemble ces deux pans de ma vie entre lesquels je tends, comme une funambule sans filet ni rappel, une corde qui tangue, depuis deux années. J'en perds mon équilibre, mon assise intérieure. Il me faudra trancher, d'un côté ou de l'autre, et regagner le sol.*

*Les mots me fuient encore. J'attends, viendra le soir. Il me faudra alors terminer cette histoire, et choisir un final. J'ai écrit une version, la version officielle, celle où ma narratrice renonce par sagesse à la jeune amante, par crainte, par convention. Reste pieds et poings liés à tout ce qui faisait sa vie avant qu'une main de fille ne se glisse dans la sienne au retour d'une soirée d'été au goût de rhum, vanille et citron vert.*

*Une fin honorable.*

*Sauf que je n'y crois pas.*

*Sociologiquement, c'est la plus réaliste. Mais du point de vue intime, c'est une trahison, que réprouve tout mon être, au point que je devrai, sans doute, la réécrire.*

*Les mots ont du pouvoir, et les utiliser pour livrer autre chose qu'une vérité propre, c'est se damner un peu. Toute œuvre de fiction requiert de faire un pacte avec la vérité. Mes premiers mots de fin, je le sais maintenant et c'est une évidence, seront tout simplement : Partir, retrouver Éva.*

Je ne sais plus comment j'ai dévalé les marches du cinquième étage, suis arrivée en bas sur le boulevard mouillé, mais je me rappelle avoir marché, hagarde, en direction du parc, comme par automatisme. Là, je n'avais plus d'âge. Se sont superposés les souvenirs olfactifs de l'enfant que j'étais, lors des journées pluvieuses des vacances d'avril. Ma mère et moi quittions rarement la ville, même durant les congés. Elle m'emmenait au parc, rapportait des fragments de fleurs, de végétaux, en faisait des boutures qu'elle laissait germer sur le bord de fenêtre qui donnait sur la cour et prenait le soleil seulement le matin. Pas de lumière directe trop longtemps, sinon le germe ne prend pas. J'ai gardé cela d'elle, quelques rudiments de jardinage en ville, dans des bocaux de verre, des petits pots percés, du terreau fait maison, j'étais autorisée à ramener du sable dans un seau en plastique pour le mêler à la terre qu'elle prélevait des platebandes, toujours discrètement. Elle chantonnait pour moi, je crois que j'ai repris un des refrains, j'avais l'air des petites marionnettes en boucle dans la tête en arrivant au parc. Il ne pleuvait plus. Remontant l'allée vers le sommet de la colline, j'ai senti s'échauffer les muscles de mes cuisses et là, j'avais vingt ans, je marchais avec Fred jusqu'à un certain banc sur lequel nous passions parfois des heures assises, jusqu'au soir déclinant, avec une thermos de café et des cigarettes, et je lui racontais : mon enfance, le quartier tel qu'il était avant que je revienne y vivre l'année de mes dix-huit ans, la boulangerie du coin aux macarons épais, denses comme de la mousse, garnis de chocolat, que ma mère achetait les jours de cœur léger, les jours de ciel ouvert – quand rien n'assombrissait l'angle de ses paupières. Les jours où je pouvais baisser un peu la garde, lâcher ma vigilance. J'ai toujours su je crois, qu'un jour elle partirait et me laisserait, elle m'y a préparée, en m'apprenant à tout faire seule. Mes maîtresses, la concierge, étaient impressionnées par mon autonomie, ça n'était pas courant une gosse qui fait les courses, se discipline elle-même pour écrire ses devoirs, connaît dès le CP le chemin de l'école, peut réparer une bonde de lavabo qui fuit. Ma mère m'a fait ce cadeau : je sais me débrouiller. Je n'ai pas dit à Fred que je savais remettre une chaîne de vélo le jour où elle m'a aidée juste en bas de chez elle, lorsque nous nous sommes parlé pour la première fois. Puis elle s'est aperçue au fil des mois, qu'en toutes choses pratiques j'étais au moins aussi débrouillarde qu'elle. Elle m'appelait parfois *mon petit mécano* – je préférais ce surnom à « l'amante », malgré son côté un peu dérisoire. Parce qu'il connotait la tendresse à travers l'adjectif « petit », et l'attachement à travers le pronom possessif plutôt qu'impersonnel.

J'ai changé une vitre dans ma chambre d'étudiante un jour en sa présence, tout en lui racontant que changer des carreaux était un rituel de mon enfance, une fois passé la crise. Une fois que les objets avaient fini de voler à travers la cuisine et le verre d'exploser. Nous le faisions ensemble, ma mère silencieuse, et moi tout appliquée. J'avais appris comment prévenir certains orages, sentir le vent tourner avant que le verre n'explose, mais sans pouvoir toujours parer à l'inéluctable. Il nous fallait ensuite nettoyer, réparer. Rassurer la concierge qui s'inquiétait du bruit et des débris de verre qui parsemaient la cour intérieure de l'immeuble. Se rendre chez le vitrier avenue René-Coty, commander un carreau aux bonnes dimensions. Ma mère faisait tout cela avec application, sans jamais commenter l'origine du dégât, comme si une étrangère avait été la cause du chaos de la veille.

Elle me mettait des gants pour que je ne me blesse pas, et nettoyait le sol, balayait les fragments. Me montrait patiemment le mélange du mastic et son application. Et comment enlever la baguette de bois fixée au cadre en tirant les clous fins avec la pince. Ces moments concentrés, à réparer la fenêtre, semblaient si naturels, apaisés, que j'en oubliais presque la façon dont la vitre avait pu exploser. C'est à cause du carreau cassé plusieurs fois en un an qu'on nous a envoyé une assistante sociale, sans doute la concierge avait-elle fini par appeler les services sociaux. À cause de ce carreau que ma mère a dû suivre une thérapie clinique, au risque de me perdre si elle ne se pliait pas aux ordres du médecin. Qu'on lui a prescrit des doses de calmants, somnifères, qui la laissaient hagarde. Qu'elle a fini par perdre tout sens du réel, vivant dans un brouillard sans début et sans fin.

Fred s'est inquiétée que j'aie été battue – c'était bien mal comprendre le lien qui unissait ma mère et son enfant : tout lui voulait du mal, mais j'étais garde-fou entre le monde et elle. Jamais elle n'a levé le ton, la main sur moi. À sa manière à elle, elle prenait soin de moi. M'a préparée à tout. Même à l'abandon.

J'ai livré à Fred chacun des souvenirs que j'avais pu sauver de la période floue après l'arrachement au deux pièces rez-de-chaussée du boulevard Saint-Jacques et mon arrivée dans la première famille où l'on m'a envoyée.

Maintenant que mes cuisses cessent de brûler, que mon souffle s'apaise tout en haut de la montée sur un sol redevenu plat, je me rends compte que, sans m'en apercevoir, je me suis dirigée tout droit vers le banc des confidences, au sommet de la colline herbeuse et odorante quand la terre est mouillée, les jours comme aujourd'hui. J'y suis rarement revenue, même avec mes enfants quand ils étaient petits, préférant la balade au bas du parc, près de l'étang où vivent quelques cygnes. C'est là que j'ai emmené Jenny la seule fois où nous nous sommes promenées ici. Elle a aimé les cygnes, surtout le cygne noir, une femelle fière. Si nous étions montées jusqu'à ce banc, peut-être lui aurais-je confié un peu plus du passé que je protège si bien. Je n'aurais sans doute pas pu la laisser s'asseoir à mes côtés sans lui révéler ce que cet endroit-là, ces planches vernies de vert du mobilier urbain sur ce coin de pelouse, ont de si symbolique. Comment je m'y asseyais pour raconter à Fred ce que fut mon enfance. Comment je n'ai pas pu, depuis toutes ces années, y revenir même seule.

Une pensée subite me frappe durant quelques secondes je reste secouée comme par un roulement d'orage assourdissant.

Et si Fred n'avait pas choisi sa fin ? Alors ce que j'ai vécu comme un abandon n'en était pas un. Les derniers mots de Fred à mon intention ne sont pas les paroles, si vaines et lamentables, qu'elle avait prononcées avant de me laisser suspendue dans le vide, le manque de sa présence : *prendre du recul pour mieux se retrouver.* Non, les derniers mots qu'elle m'a adressés sont dans ces quelques pages que j'ai lues à son veuf voici à peine une heure, et qui auguraient une version différente de la fin de l'histoire. Une variante remaniée du dernier chapitre, effacée dans le roman publié. Le *mieux se retrouver* pouvait éventuellement désigner un *nous deux*, n'être pas faux-fuyant d'une formule toute faite pour les ruptures sans âme.

Elle prenait son élan pour quitter son mari, pour me retrouver moi.

Je me demande si je ne perds pas le fil, si la narration qui se redessine là n'est pas symptôme de mon immense déraison, mais je n'invente pas. Il y a bien ces pages que j'ai lues à son veuf, et que je peux palper sous la doublure du sac que je porte à l'épaule. Ces pages au stylo-plume, à mon intention, glissées parmi celles du manuscrit que l'éditeur m'avait fait envoyer, qui sont restées scellées dans ce coffre durant toutes ces années où je n'ai pu faire le deuil. Des phrases manuscrites que personne ne peut nier. Et dont les derniers mots sont sans ambiguïté.

*Partir, retrouver Éva.*

L'invitée de l'histoire finalement choisie. L'épouse qui se fait la malle. Une fin intolérable même pour un spécialiste des passions amoureuses dans la littérature. Le mari éconduit pour une fille de vingt ans qui fut son étudiante, c'était trop improbable pour son réel à lui. Il a choisi la fin qui lui était alors la moins insupportable.

Peut-être savait-il, qu'un jour je viendrais. Qu'il s'attendait à ce que tôt ou tard, je sonne à l'interphone. Que je monte au cinquième formuler les questions que je suis venue poser, sois témoin de l'ascèse qu'il s'impose à lui-même, celle d'un être enfermé dans le souvenir d'un passé qui n'est plus et qui attend son terme, sans s'autoriser à vivre l'entre-temps comme les autres mortels.

J'ai vu son mausolée. Il en sort pour la promenade au parc le dimanche, tels ces prisonniers qui tournent dans la cour, sous les yeux des gardiens. Chaque jour il exécute les mêmes rituels, comme ceux que l'on a privés de liberté. Qu'il reste ainsi lié.

Pour la première fois depuis que je veille mes mortes, m'apparaît cette idée, cette possibilité que je pourrais partir, et cette fois pour de bon. C'est la dernière fois, je m'en fais la promesse, que je remonte l'allée du parc Montsouris. Cette promenade hagarde est bien un pèlerinage. Sa destination, le banc des confidences.

Et elle est assise là.

## Jenny

Je me rappelle que je peux vivre sans l'Évaporée. Je le peux forcément puisque je le pouvais avant qu'elle n'entre dans ma vie. Je ne me sentais pas incomplète, alors, ni vaine au prétexte que j'étais seule et ne partageais avec personne les temps forts de mon quotidien sans tapage ; je n'éprouvais pas le besoin qu'un regard extérieur ratifie mon expérience terrestre, ni d'une présence à mes côtés pour la légitimer. Avant, il me suffisait d'avoir vu des libellules, des oies, des gallinules pour aller me coucher avec un sentiment de satisfaction, de satiété – et la certitude tranquille d'avoir une place à moi ici-bas, une place assez belle pour n'en souhaiter aucune autre. Désormais, il y manque pourtant quelque chose. Il y manque cet état de grâce que j'éprouvais lorsque Ève était à mes côtés.

Soudain, une chanson des frères Gershwin me saute à la tête, on dirait un petit vaisseau qui claque dans ma tempe et je me mets aussitôt à chanter :

*I was doing all right*
*Nothing but rainbows in my sky*

*I was doing all right*
*Till*

Non, non, ça ne va pas : comme d'habitude, je l'ai prise trop bas et je suis incapable de descendre dans les graves requis par la suite, car la version de ce standard qui me sert de référence n'est pas celle d'Ella Fitzgerald, ni celle de Carmen McRae, mais celle de Joy Bryan, une chanteuse oubliée au point que seuls deux vagues articles lui sont consacrés sur le vaste Internet. Je me racle la gorge, appuie le vélo sur sa béquille et je reprends :

*I was doing all right*
*Nothing but rainbows in my sky*
*I was doing all right*
*Till you came by*

Il me semble entendre le septuor de Marty Paich jouer autour de moi, tandis qu'un tourbillon chargé de feuilles mortes m'encercle – elles ont l'air de danser en l'air, un pas en avant, un pas en arrière,

*Had no cause to complain*
*Life was sweet as apple pie*
*Never noticed the rain*
*Till you came by*

Les feuilles mortes décrivent des fractales à la Busby Berkeley ; quant à moi, je dévale un mamelon et mes semelles tirent du sol schisteux des frottements de balais à fleur de caisse claire, puis je saute sur le capot d'une voiture désossée,

*But now whenever you're away*
*I can't sleep nights and I suffer all the day*

*I just sit and wonder*
*If love isn't one big blunder*
Je fais ce qui ressemble à des claquettes sur la tôle, étoffant la batterie de Mel Lewis,
*But when you hold me tight*
*Tingling all through, I feel somehow*
*I was doing all right*
*But I'm doing even better now*
L'orchestre se tait, la pièce montée de Busby Berkeley se disperse, les feuilles mortes regagnent leurs loges. Oui, comme le dit la chanson, ma vie était une tarte aux pommes sous un arc-en-ciel avant qu'Ève n'y entre. Mais maintenant qu'elle y est passée, même brièvement, je sais que mon quotidien peut être bien mieux que plaisant et, parce que j'ai connu ce mieux, il ne me semble plus gourmand de le désirer.

Je laisse mon vélo glisser tout au long de la descente. Je ne suis plus déprimée ni angoissée. À cet instant, je peux tout à fait envisager de finir ma vie en faisant comme si mon amour était auprès de moi ; peut-être finirais-je par la faire apparaître aussi nettement que j'ai vu danser les feuilles, tout à l'heure. Peut-être qu'une santé mentale solide n'est pas ce dont j'ai besoin. Je suis une artiste, après tout, qui songerait à me reprocher de vivre dans ma tête ? Ève est dans ma tête – *mon* Ève, qu'elle existe ou que je l'aie fantasmée – alors je vais y rester, moi aussi. Je vais rester auprès d'elle, là où je suis sûre de la trouver.

## Ève

*Le hasard ne favorise que les esprits préparés.*

On attribue cette phrase à Louis Pasteur, et j'y pense souvent depuis que je l'ai lue, en exergue du roman que m'a donné Jenny, le jour de la rencontre. Aujourd'hui, elle est d'une vérité si criante que j'aimerais lui dire : *Peut-être que l'univers n'est pas, finalement, muet. Ce matin en tout cas il m'a parlé, c'est sûr.*

Elle est assise là, dans la même posture que sur mon palier, la tête entre les mains. Sur son dos une bâche lui sert de cape de pluie. Elle a posé sur ses jambes la couverture en laine donnée avant-hier par les deux femmes du Samu social.

Mes semelles raclent un peu de gravier au moment où je m'arrête près du banc. Elle lève les yeux, le mauve de ses iris se floute dans le mien.

« Élise, je lui dis. Vous vous rappelez de moi ? Vous étiez devant ma porte il y a à peine deux jours. »

Elle ne bouge pas un cil. Je tente, d'une voix douce :

« Est-ce que je peux vous aider ? »

J'attends, un petit moment. Dans le parc désert, on entend le chant d'oiseaux s'ébrouant sous les premiers rayons qui réchauffent les arbres. Le ciel se dégage. Je sens une chaleur détendre mes épaules.

Élise se redresse. Puis elle secoue la tête et replie ses jambes sous sa couverture grise, laisse fuir son regard au-delà des grands frênes qui bordent les allées.

Je sors de mon sac un stylo, mais je n'ai pour écrire que les feuilles de papier du manuscrit de Fred. Sans réfléchir, je plie la première pour en déchirer une partie vierge, dans la marge, et j'inscris dessus mon numéro de téléphone, mon nom, puis je la lui tends.

« Voici comment me joindre. Vous saurez où sonner et quel numéro appeler si vous cherchez de l'aide. »

Elle saisit le papier d'une main hésitante, le glisse dans son sac, puis elle prononce ces mots :

« Ça va, ça va aller. Tu peux me laisser tranquille. J'appartiens au passé. »

Je redescends l'allée. Je doute qu'elle me contacte, j'appellerai le Samu de nouveau pour leur dire qu'Élise est dans le parc. Et qu'on ne l'oublie pas.

Prendre soin du passé.

Habiter le présent.

Mes deux mains dans mes poches effleurent des clés, à gauche celles de la porte de mon appartement. Dans l'autre, celles de ma voiture. Mes doigts jouent avec tandis que j'avance.

Avec une certitude : le moment est venu d'écrire ma propre histoire.

## Jenny

La nuit ne va pas tarder à tomber, les rues sont désertes, si profondément silencieuses que je peux entendre grésiller l'électricité dans les conducteurs du pylône qui se dresse de l'autre côté du carrefour. Il est planté dans un jardin ; souvent, un chien dort en dessous. Ève et moi nous sommes toujours demandé si les habitants de la maison étaient rémunérés en compensation de cette contiguïté, s'ils avaient au moins l'électricité gratuite, et quel type de perturbations une telle proximité pouvait apporter dans leur quotidien – quel impact sur leur sommeil, sur leur santé : ont-ils des acouphènes ? Y a-t-il des variations de lumière dans leur salon, le soir, doivent-ils remplacer le grille-pain plus souvent que les autres, retrouvent-ils parfois leurs listes de courses collées au plafond ? Ce soir, le bourdonnement est si fort, pour un jour sans pluie, que je m'attends à voir des étincelles gicler des conducteurs. Je fixe les faisceaux, jette des regards furtifs autour de moi pour ma sécurité puis reviens aux faisceaux avec la vélocité oculaire d'un oiseau. Personne à droite au carrefour, faisceau, personne à gauche, faisceau.

Le crissement de pneus déchire l'atmosphère comme du papier de soie, le pare-chocs s'arrête à quelques millimètres de mon mollet droit. Je regarde vers le pare-brise, hébétée, je ne vois pas le visage à travers les reflets. Moi aussi j'ai pilé, sans m'en rendre compte, et maintenant je m'effondre, non pas en soleil par-dessus le guidon mais mollement, sur le côté, comme au ralenti. Malgré tout, le choc est rude, le bitume racle mes deux genoux, mon mollet, mon coude et mon poignet gauches. Je reste sonnée un moment, plus en raison de la stupeur que de la douleur.

– Vous êtes blessée ?

Je regarde avec étonnement la dame qui me parle. Une femme qu'on imagine bien à l'église le dimanche matin, vaguement irritée que la messe ne soit pas en latin ; elle porte un tailleur-pantalon beige et, sur la poitrine, une broche dorée en forme de clé ancienne ou de symbole infini, je ne sais pas. Derrière elle, une Jeep authentique, kaki, portière ouverte.

– J'ai accéléré parce que le feu était orange, c'est vrai, dit-elle. Mais vous, madame, vous avez grillé un feu rouge.

Je sais que j'en rirai plus tard. Pour l'instant je dis que je suis juste secouée, que j'ai eu très peur mais que ça va aller. J'ajoute quelques excuses que je regrette aussitôt d'avoir formulées, la dame redresse mon vélo, se penche vers moi, elle sent la poudre, la laque et un parfum trop capiteux. Je me demande comment il est possible que mon genou droit soit râpé, lui aussi, incrusté de gravillons. Le nom *Mercurochrome* me vient à l'esprit comme une chanson oubliée.

– J'ai regardé avant de traverser le carrefour, je dis, je ne vous ai pas vue arriver.

– Je roulais peut-être un peu vite.

Ses dents sont jaunes et je peux voir la poudre former de minuscules empattements dans les rides de sa lèvre supérieure. Elle sourit.

– Vous allez pouvoir vous relever ?

Je me redresse, plutôt que de répondre. La dame est plus petite que moi d'une bonne tête ; je ne comprends pas pourquoi elle rit, c'est peut-être nerveux. Mes articulations sont douloureuses lorsque je monte sur le vélo. Quand la Jeep tourne à gauche, vers la rue dont je viens, je maugrée rituellement qu'il faudrait détruire à coups de batte ces stupides engins polluants. La route monte un peu et me fait l'effet d'une colline, j'essaie d'imaginer le prénom de la conductrice pour me divertir des divers élancements dans mes jambes et dans mon bras gauche. Françoise, Jeanne, Jeanne-Marie, Marie-Françoise, je tourne en rond dans les clichés, qui parviennent du moins à me redonner le sourire après ces émotions fortes. Bientôt, me voici sanglante et radieuse sur mon vélo, à l'heure où les lampadaires s'allument à leur manière balbutiante.

Parvenue au coin de ma rue, par habitude, je me hisse sur les pédales pour tenter de voir si la carapace rouge d'une petite auto réverbère la lumière artificielle devant ma porte et je dois me rendre à l'évidence, c'est bien sa voiture qui est garée là, discrète malgré sa couleur primaire, modeste et comme timide derrière la prétentieuse Audi blanche de ma voisine. Bien sûr, mon pouls s'accélère, mais pas au point que je risque de choir une seconde fois, comme je l'aurais imaginé.

Je reste dressée sur les pédales et laisse mon vélo décélérer, il a bien assez d'élan pour me mener jusqu'à elle. Elle ne me voit pas, penchée sur quelque chose – sur son téléphone, j'imagine –, les cheveux en désordre. J'apprécie ce bref instant où je peux la contempler sans qu'elle ne me voie. Je suis à deux ou trois tours de roue de m'immobiliser devant le capot quand elle perçoit ma présence. Elle lève les yeux vers mon visage, avant qu'ils ne descendent jusqu'à mes genoux sanguinolents. Elle secoue la tête doucement. Je crois qu'elle sourit.

# DES CORRESPONDANCES

2018. J'écris une « Lettre à une jeune athlète », une authentique missive de 170 pages qui deviendra mon roman *Le Sel de tes yeux*. Un soir, dans le train Le Mans-Lille, j'y rapporte ceci :

« Nous participions à une rencontre sur la littérature queer. Quand nous avons quitté la salle et regagné le salon, la foule se massait toujours plus nombreuse autour des tables de dédicaces et chacun.e, de part et d'autre, semblait s'estimer à sa place. Alors que nous nous dirigions vers le stand de la librairie qui nous accueillait, Wendy a proposé que nous fassions une pause. Nous avons quitté le bâtiment bondé pour nous asseoir en retrait, sous un arbre, à même l'herbe sèche semée de débris végétaux. Nous y sommes restées très longtemps. Il nous a semblé, au fil de notre discussion, que nous venions des antipodes et que nous nous croisions à une charnière de nos cheminements respectifs. Chacune formulait ce qui fragilisait sa légitimité, l'une d'un point de vue littéraire, l'autre d'un point de vue queer. [...]

Quand l'heure d'aller prendre mon train est arrivée, j'ai quitté notre discussion à regret. »

Je suis alors persuadée que je vais très vite revoir Wendy mais ça ne se produit pas. Il y a des rencontres manquées, me dis-je quand j'y pense, à l'occasion ; c'est ainsi.

Avril 2021, je punaise un petit carton sur la rambarde d'un belvédère, en surplomb d'une vallée noyée de brume ; sur le carton, j'ai écrit, Aimer, c'est accueillir des fantômes futurs. Je me sens moi-même un fantôme, confinée seule avec les traces de mon bonheur perdu dans toutes les pièces de la maison. Chaque jour je colle, ficelle, punaise des micropoèmes tels que celui-ci dans l'espace public, j'appelle ça des Processus Réversibles parce que c'est éphémère, biodégradable et parce que le premier disait C'est tout toi, ça, tu vois des processus réversibles partout. Oui, je crois toujours qu'il y a des solutions, qu'on peut tout réparer, je n'abandonne rien au néant. Je suis forte, lumineuse et opiniâtre. Mais cette fois, ça sent franchement la fin, l'à quoi bon, il n'y a plus d'acoustique dans laquelle chanter.

Je me fais cette réflexion, un soir, en traversant un parc plongé dans la nuit. Je me dis, Je n'y arrive plus. Je fais pleurer les oiseaux, fuir les lapins. Même mon super pouvoir est inopérant : je n'écris plus, ça ne m'était jamais arrivé. J'ai besoin d'aide, je n'y arriverai pas seule, pas cette fois. Ainsi, l'ermite que je suis se demande avec qui écrire et la réponse vient tout naturellement, spontanément, comme si elle attendait depuis trois ans d'être formulée. De retour chez moi, j'envoie un mail à Wendy.

Deux semaines plus tard, je noterai dans mon journal :

« Je m'étais souvent interrogée sur l'écriture à quatre mains, il est déjà si difficile de s'accorder avec soi-même sur des choix stylistiques, structurels ou narratifs mais, dans notre cas, le texte se dessine avec une fluidité confondante. Le matin très tôt, je découvre le nouveau chapitre de Wendy, reçu par mail pendant la nuit, puis je pars courir et commence à esquisser la suite dans ma tête. Je suis infiniment reconnaissante à cette alliée de rêve pour sa réactivité – entre autres choses. Au fil des échanges, je regarde l'autre personnage prendre forme entre ses mains, remplacer celui de mon histoire personnelle et progressivement l'effacer ; je vois la narration se tisser sans que les ajustements requièrent davantage que de subtiles modifications. Il y a là l'énergie de l'improvisation et une approche concertée de la composition, car l'écriture proprement dite se double d'un échange très fourni de réflexions sur la création romanesque ; je me disais ce matin, en poursuivant ce journal de bord partagé par mail, que ce serait un document intéressant et très drôle sur les diverses manières d'aborder l'écriture et sur la possibilité de concilier des approches si différentes. »

Le vif élan de la première mouture me sauve du marasme et me rapproche d'un objectif que je poursuis depuis plusieurs années. Cette collaboration, parce qu'elle fonctionne, parce qu'elle stimule, parce qu'elle réchauffe, me fait accéder à un nouvel aspect d'une méthode de travail que j'esquissais ainsi dans ma « Lettre à une jeune athlète » : « Je n'ai pas envie d'écrire des textes bien propres qui s'abriteraient derrière des références et des autorités ; pas envie d'être un pur esprit assis à un bureau, un écrivain à escarres, qui pose devant sa bibliothèque. Si l'objet de mon écriture se dérobe, je cherche d'autres angles d'approche. Il s'agit d'une démarche empirique, qui m'engage totalement, qui engage jusqu'à mon corps – dans certains contextes, il lui arrive d'être malmené, car j'écris en mouvement, alors je me sens vivante et pleinement dédiée à la création. Je ne peux pas retourner en arrière, je ne peux pas regagner ma chaise. »

Aller à la rencontre d'une autrice dont l'univers et l'écriture sont si éloignés des miens se révèle une autre forme de mouvement. Il s'agit de concilier les références littéraires et féministes de Wendy avec mes références musicales et cinématographiques ; sa temporalité longue, qui va enquêter sur le passé des personnages et le contexte de leur développement, avec mon ici et maintenant contemplatif ; son besoin d'exactitude et de cohérence avec mon goût pour les ellipses et les zones d'ombre ; sa métrique en alexandrins avec mes nombres premiers ; les manières si différentes dont s'exprime notre commun penchant pour les symboles, les allégories, les correspondances.

Wendy a besoin de connaître le milieu social de Jenny, j'ai besoin de savoir comment la lumière joue dans la cuisine d'Ève. Nous nous accordons ces éléments – nous nous accordons pour que notre texte soit un duo contrasté mais harmonieux. Nous pesons, ajustons, déplaçons. Parfois, entre deux longs mails questionnant nos choix narratifs, nous constatons avec perplexité les échos que notre fiction trouve dans nos vies respectives et même entre nous. Ainsi quand l'éditeur de ma chanson de geste m'envoie la photo d'une table de librairie sur laquelle ladite *Geste permanente de Gentil-Cœur* côtoie *Viendra le temps du feu*, les hendécasyllabes de l'un juxtaposés aux alexandrins de l'autre. Comme nos personnages, Wendy et moi sommes attentives aux signes et ils viennent confirmer l'évidence de cette collaboration.

Il n'est pas excessif de dire que Wendy, en acceptant ma proposition, a changé le cours de ma vie. Elle ne m'a pas seulement rendu mon super pouvoir un moment égaré, elle ne m'a pas seulement ouverte à d'autres approches de la littérature, elle m'a aussi ramenée en douceur parmi les autres. Car il faut beaucoup de confiance pour entreprendre ce que nous venons d'accomplir, or la confiance, c'est précisément ce que l'évaporée de ma vraie vie aurait pu ébranler durablement. Aujourd'hui, cette confiance est intacte. Je crois que Wendy et moi avons en commun une capacité à réenchanter notre réel, quitte à recréer à la force de notre volonté l'acoustique propice. Et bien souvent, c'est par l'écriture que nous reconstituons les conditions d'une vie possible. À l'évidence, il nous fallait une fin heureuse. Quoi qu'il nous arrive désormais, nos personnages ont les outils pour se fabriquer du bonheur.

Fanny Chiarello, mars 2022

**Remerciements de Wendy**

Merci à Fanny Chiarello de m'avoir offert cet espace d'écriture commun, cette expérience intime et nourrissante qui m'a fait grandir, cette joie d'écrire à deux.

Merci à Juliette Labbe, Gwenola Breton et Séverine Aurivel pour leur relecture attentive de la première version du roman, leurs retours sur les personnages et la narration. Merci à Isabelle Cambourakis pour le lien bienveillant. Merci à Laurence Bourgeon notre éditrice pour son regard, ses suggestions, son travail si patient et si minutieux sur le texte.

**Remerciements de Fanny**

Merci à Wendy pour cette formidable expérience littéraire et humaine, pour la richesse et la vivacité de nos échanges, pour sa générosité rare.

Merci à mes formidables amies Aline Nihoul, Claire Spiteri, Gwenola Breton, Olivia Profizi, Sophie Criquelion, Hélène Vignal, Inès Membrives Albran, Estelle Vonfeldt et AJ, qui m'ont rendu l'apocalypse duveteuse.

Merci à Laurence Bourgeon pour son investissement dans ce texte.

La lecture musicale à laquelle je fais allusion dans les chapitres de Jenny a bien existé, elle s'appelait *Mes petites amoureuses* et ma complice était la musicienne bruxelloise Clémentine Collette, une autre de mes bienfaitrices. Je la remercie également.

**Fanny Chiarello** écrit des romans, de la poésie, et de la littérature jeunesse. Elle aime changer d'univers, de forme et de tonalité dans chaque nouveau texte. Pour nourrir son travail, elle explore les villes et les campagnes, en courant ou à vélo, avec son appareil photo. À ses heures perdues, elle constitue un répertoire de créatrices sonores underground du monde entier.

Romancière, **Wendy Delorme** a publié *Quatrième Génération* (roman, Grasset, 2007), le recueil *Insurrection ! En territoires sexuels* (Au diable vauvert, 2009), *La Mère, la Sainte et la Putain* (roman, Au diable vauvert, 2012), *Le corps est une chimère* (roman, Au diable vauvert, Prix Joseph 2018), *Viendra le temps du feu* (roman, Cambourakis, 2021), *Devenir lionne* (JC Lattès, 2023). Membre du collectif d'autriX RER Q, elle est aussi enseignante-chercheuse à l'université.

**L'ÉVAPORÉE**
de Fanny Chiarello et Wendy Delorme
a été achevé d'imprimer en avril 2023
sur les presses de l'imprimerie Jelgavas Tipogrāfija.

Éditions Cambourakis
62, rue du Faubourg-Saint-Antoine
75012 Paris
www.cambourakis.com

Dépôt légal : mai 2023.
ISBN : 978-2-36624-778-7
Imprimé en Lettonie.